AF139181

Meinen Kindern und Enkelkindern

Arne, Jan, Stephan
Adrian, Anton, Marvin

Zu diesem Buch

Im Spätherbst 1951 schockierte ein brutaler Mordan-schlag, wie es ihn in dieser Form bis dahin noch nie gegeben hatte, die Menschen in ganz Deutschland. Selbst die Medien im europäischen Ausland und in den USA berichteten darüber.

In dem vorliegenden Band wird in Romanform der spektakuläre Kriminalfall nachgezeichnet, bei dem mehrere Menschen in Bremen und in Eystrup im Landkreis Nienburg den Tod fanden oder schwer ver-letzt wurden.

Handelte es sich bei dem Anschlag um einen Angriff anarchistischer Kreise, die damit die neue Ordnung der Bundesrepublik treffen wollten? Oder war es das Werk eines verwirrten Einzeltäters, der mit unge-wöhnlichen Mitteln egoistische Ziele verfolgte?

Nach annähernd zweiwöchiger fieberhafter Fahn-dung und dank hunderter von Hinweisen aus der Öffentlichkeit gelang es schließlich einer 60-köpfigen Sonderkommission der Kriminalpolizei, Licht in diesen dubiosen Fall zu bringen.

Die Namen der beteiligten Personen wurden, mit Ausnahme erwähnter Persönlichkeiten der Zeitge-schichte, geändert.

Dieter Reis

Nur vom Empfänger persönlich zu öffnen

Roman

Ein norddeutscher Kriminalfall

Herstellung und Verlag:
BoD - Books on Demand, Norderstedt
ISBN 978-3-7386-2349-9

Montag, 10. April 2006

Der Tag versprach nichts Gutes. Gegen 9 Uhr verließ Artur Rosenberg sein Haus, eine Jugendstilvilla in einer begehrten Wohnlage Hannovers, um seinen täglichen Morgenspaziergang durch die nahe Eilenriede zu machen. Das ausgedehnte Wald- und Naherholungsgebiet im Herzen der Stadt bot ihm hierfür die allerbesten Voraussetzungen.

Anders als in früheren Zeiten begleitete ihn seine Frau seit einigen Wochen nicht mehr bei seinen morgendlichen Gängen. Anfangs hatte er sich gegen den Gedanken gesperrt, sich künftig allein auf den Weg zu machen. Wegen seiner angegriffenen Gesundheit – seit Monaten litt er unter massiven Kreislaufproblemen – hätte er seine Frau auch weiterhin gern in seiner Nähe gewusst. Die Bewegung an frischer Luft war ihm andererseits jedoch so wichtig, dass er darauf nicht verzichten mochte.

Den sich lang hinziehenden, kurvenreichen Weg durch den Wald erlebte er an diesem Morgen weniger einladend als noch vor Tagen. Der Himmel war bewölkt, und nur an wenigen schnell wechselnden Stellen brach sich die Sonne für kurze Augenblicke Bahn. Es war ein Bild, wie es sich ihm regelmäßig um diese Stunde bot: Jogger, Radfahrer auf dem Weg zur Arbeit, hier und dort schnellen Schrittes vorbei eilende Erwachsene, in der Ferne das Summen von Automotoren – Vertrautes, das ihm heute dennoch irgendwie fremd erschien.

Obwohl er sich durchaus an der Schönheit der Natur erfreuen konnte, fehlte ihm an diesem Morgen der Blick dafür. Die Flut der Eindrücke perlte an ihm ab. Stattdessen drängten sich ihm andere Bilder und Gedanken auf: Warum waren die Verantwortlichen beim Fernsehen gerade auf seinen Fall gestoßen? Was hatte sie veranlasst, „die Geschichte von damals" – oft bediente er sich dieser verharmlosenden Umschreibung dessen, was vor mehr als 50 Jahren geschehen war – zum Gegenstand abendlicher Unterhaltung zu machen? Wie würde er selbst den für den Abend im „Ersten" vorgesehenen Film verkraften? Würden Freunde und Nachbarn, die nichts von seiner Vergangenheit wussten, ihn wiedererkennen? Sollte er sich das Ganze überhaupt ansehen?

Gedanken wie diese kreisten in seinem Kopf, fern jeglicher Entspanntheit, auf die es ihm bei seinen morgendlichen Unternehmungen doch so sehr ankam. Je mehr sie Besitz von ihm ergriffen, desto abweisender, ja feindlicher erlebte er an diesem Morgen die Welt um sich herum.

Es überkam ihn ein Gefühl von absoluter Verzweiflung und unbändiger Wut zugleich. Hatte er nicht ausreichend für seine Taten gebüßt, und hatte er nun nicht Anspruch darauf, endlich in Ruhe gelassen zu werden?

Sein Blutdruck stieg, er merkte es an den beginnenden Kopfschmerzen, die ihn regelmäßig in Stresssituationen überfielen. Angespannt und unsicher, was da am Abend wohl auf ihn zukommen würde, bog er in einen der Seitenwege ein, um den Rückweg anzutreten.

„Schon zurück?", war die knappe Reaktion seiner Frau Hanna, die ihren Mann routinemäßig erst eine gute Stunde später, dann zu ihrem gemeinsamen zweiten Frühstück, zurück erwartet hatte.

„Ist es wegen heute Abend?", kam sie ohne Umschweife auf das Problem zu sprechen, das sie beide seit Wochen belastete. „Wäre es nicht gerade deswegen besser gewesen, du würdest dich ausdauernder an frischer Luft bewegen und dich ablenken?"

„Du magst ja Recht haben."

Mehr war ihm im Augenblick nicht zu entlocken. Hanna merkte, dass es in dieser Situation besser war, ihn mit seinen Gedanken allein zu lassen. Sie konnte es akzeptieren, dass er sich wortlos in das Lesezimmer im Obergeschoss zurückzog. Hier würde er für sich allein über das, was ihm seit Tagen durch den Kopf ging und sich zu einem immer größeren Berg aufzutürmen schien, nachdenken können. Gern hätte sie jedoch die quälenden Gedanken mit ihm geteilt. Aber anders als in früheren Zeiten, in denen sie über Alltagsprobleme und Sorgen immer offen hatten miteinander reden können, erlebte sie ihn jetzt als verschlossen und in sich zurückgezogen. Ihre vorsichtigen Versuche, die beobachtete Änderung seines Verhaltens anzusprechen, wehrte er beharrlich ab.

Ihr kamen Augenblicke in Erinnerung, wie er ihr bei ihren ersten Besuchen im Gefängnis begegnet war. Ungläubig und unsicher hatte er auf ihr Angebot reagiert, ihn in Abständen zu besuchen und mit ihm über das zu reden, was ihn bewegte. Den Kontakt zu ihm hatte sie bald nach seiner Verurteilung aufgenommen. In der „Hannoverschen Presse" und in den Kino-Wochenschauen war ausführlich über seinen Fall berichtet worden. Anfangs hatten die Berichte und Bilder bei ihr nur ein flüchtiges Interesse an dem „Tango-Jüngling" geweckt – wegen seines Gangs und seiner Kleidung hatte ein Zeitungsreporter ihn so charakterisiert. Bald darauf fasste sie jedoch den Entschluss, diesen jungen, gut aussehenden Mann persönlich kennen zu lernen. Nach ersten Briefkontakten, bei denen die Gefängnisleitung den Inhalt der eingegangenen Schreiben und der Antwortbriefe sorgfältig kontrollierte, wurde beiden die Möglichkeit zu einer persönlichen Begegnung eingeräumt.

Schon bald danach saßen sie sich für eine halbe Stunde im Besucherraum der Haftanstalt gegenüber. Artur bereitete es zunächst sichtlich Mühe, mit der neuen, ungewohnten Situation klar zu kommen. Worüber sollte man mit einer unbekannten Person reden? Was waren ihre Beweggründe, sich für einen Strafgefangenen zu interessieren, der noch für Jahrzehnte hinter Gefängnismauern leben musste? Ein persönliches Gespräch, ein offener Gedankenaustausch konnte unter diesen Umständen kaum in Gang kommen. So geriet die erste Begegnung zu einer oberflächlichen, von beiden Seiten als anstrengend erlebten Kontaktaufnahme mit noch ungewissem Ausgang.

Doch die Besuche fanden schon bald eine Fortsetzung. Sie boten ihm eine willkommene Abwechslung im grauen Anstaltsalltag, besonders nachdem man ihn in ein Zuchthaus verlegt hatte.

Aus den Monaten hinter Gittern wurden Jahre. Inzwischen waren die regelmäßigen Begegnungen zu einem festen Bestandteil im Leben beider geworden, der ihre Beziehung mit der Zeit spürbar enger werden ließ. Zunehmend kreisten ihre Gedanken und Gespräche auch um die Frage, wie es eines Tages, nach der Haftverbüßung, weitergehen könnte.

Einen echten Hoffnungsschimmer bedeutete es für Artur, als ihm eines Tages in Aussicht gestellt wurde, das Gefängnis als Freigänger für einige Stunden am Tag verlassen zu können. Damit würde für beide der Weg frei sein, so hoffte er, sich außerhalb der Gefängnismauern zu treffen und Pläne für eine gemeinsame Zukunft zu schmieden.

Bevor es jedoch dazu kam, war noch ein Rückschlag zu verkraften gewesen. Eine überstandene Operation, bei der Artur ein gutartiger Hirntumor entfernt worden war, hatte die Aussicht auf regelmäßige künftige Freigänge zunächst wieder in einige Ferne gerückt. Gesundheitliche Gründe waren am Ende dann wohl aber doch ausschlaggebend dafür gewesen, ihn im Rahmen einer Generalamnestie des Niedersächsischen Ministerpräsidenten nach 22-jähriger Haftverbüßung im Zuchthaus Celle in die Freiheit zu entlassen.

Nun stand ihm das bedrückende Geschehen, das vor mehr als 50 Jahren zu seiner Verurteilung geführt hatte, erneut vor Augen. Der Gedanke, noch einmal mit dem düstersten Kapitel seiner Vergangenheit konfrontiert zu werden, versetzte ihn in äußerste Unruhe. Er kannte zwar den Inhalt des Filmes nicht, aber er musste befürchten, noch einmal mit belastenden Details, die Polizei und Justiz in akribischer kriminalistischer Kleinarbeit zu Tage gefördert hatten, konfrontiert zu werden.

Andererseits konnte er sicher sein, dass sein Name dabei nicht genannt wurde, hatte er diesen doch bald nach seiner Entlassung aus der Haft ändern können. Auch auf seinen jetzigen Lebensmittelpunkt, eine Villa in einem vornehmen Stadtteil Hannovers, könne der Film, so war er überzeugt, keinerlei Rückschlüsse zulassen.

Nach quälenden Stunden, in denen er mal still in sich zusammen gesunken in seinem Kaminsessel saß, mal rastlos in den Räumen des Hauses umher irrte, versank er vor dem Fernseher im Wohnzimmer in einen tiefen, aber unruhigen Schlaf.

Als er aufwachte, zeigte die Uhr 21:10. In wenigen Minuten würde der Film „Post vom Tango-Jüngling" beginnen.

Er schaltete den Fernseher ein.

Donnerstag, 29. November 1951

I

Eystrup an der Weser. Innerhalb weniger Stunden war der Name des kleinen Dorfes an der Mittelweser überall im Lande bekannt. Zeitungen und Rundfunk meldeten in dicken Lettern und Sondersendungen ein Verbrechen, das es in dieser Form im Nachkriegsdeutschland bislang nicht gegeben hatte.

Was verbarg sich hinter der spektakulären Meldung?

Am Morgen dieses grauen Novembertages deutete nichts darauf hin, dass sich etwas Außergewöhnliches im Dorf ereignen würde: Die Menschen zogen es vor, bei dem unfreundlichen Spätherbstwetter in ihren Häusern zu bleiben. Hin und wieder passierte eines der wenigen in der Gegend zugelassenen Autos die stillen Straßen des Ortes. Berufstätige, die ihren Arbeitsplatz in den nahen Kreisstädten Nienburg und Verden hatten, waren bereits mit dem Zug unterwegs. In der Dorfschule hatte der Unterricht begonnen.

Der Postbetriebsassistent Heinrich Kleeberg wusste, was ihn an diesem Tag erwartete. Es war Rentenzahltag und hunderte, zumeist ältere Dorfbewohner würden vorbeikommen, um sich ihre Rente auszahlen zu lassen. Wie jedes Mal zum Ende eines Monats wurde dieser Tag von vielen Menschen im Dorf herbeigesehnt, bereitete es doch den allermeisten große

Mühe, mit der bescheidenen Rente einen ganzen Monat auszukommen. Das galt erst recht, wenn damit, wie in diesem Fall, zusätzliche Weihnachtseinkäufe bestritten werden mussten.

Beim Gang zum Postamt ging es den meisten jedoch um mehr, als nur die monatliche Rente abzuholen. Immer traf man auf dem Wege dorthin oder in der Schalterhalle gute Bekannte und konnte mit ihnen eine Weile plaudern. Geschichten aller Art, Aktuelles über Personen und Ereignisse, kurz gesagt: der neueste Dorfklatsch wurde hier binnen kurzer Zeit „umgeschlagen". Mit einem „Stell dir nur vor ..." fand man, zu Hause angekommen, stets interessierte Zuhörer.

Als Heinrich Kleeberg das Postamt öffnete, wartete bereits ein gutes Dutzend Dorfbewohner darauf, eingelassen zu werden. Minuten später konnte Kleeberg mit der Auszahlung beginnen, weil er, wie immer, schon am Vortage alle notwendigen Vorbereitungen getroffen hatte. Die benötigten Listen lagen geordnet vor ihm, die über Nacht im Tresor aufbewahrte Kassette mit Barbeträgen stand jetzt griffbereit. Am Nachbarschalter hatte der Postamtsleiter Degenhard damit begonnen, Postkarten und Briefmarken zu verkaufen, mit denen sich einzelne Besucher nebenbei eindeckten. Den nach und nach eintreffenden Selbstabholern händigte er die für sie bestimmten Postsendungen aus.

Mit einem flüchtigen „Moin, Gerlinde!" begrüßte Kleeberg seine Tochter, die soeben die Schalterhalle betreten hatte. Auch sein Sohn Wilhelm saß an seinem Platz hinter dem Schalter dicht neben ihm. Als Post-Jungbote war er damit beschäftigt, die Briefe und Postkarten zu sortieren, die er gleich im Dorf austragen würde. Heinrich Kleeberg war stolz auf seine beiden Kinder, denen es gelungen war, einen sicheren Arbeitsplatz im Dorf zu finden – durchaus keine Selbstverständlichkeit in einer noch spürbar unter den Kriegsfolgen leidenden Zeit.

Als jüngster Büroangestellten der örtlichen Marmeladenfabrik war es Gerlindes Aufgabe, die tägliche Post für ihre Firma abzuholen, an diesem Tage neben mehreren Briefen und einigen Drucksachen auch eine sperrige Papprolle, die sich nicht, wie die übrige Post, in der mitgebrachten Aktentasche unterbringen ließ. Schnell hatte sie die Briefsendungen in ihrer Tasche verstaut, das rollenförmige Paket klemmte sie sich unter den Arm.

In dem Augenblick, als sie sich zur Tür wandte, passierte es.

Der ohrenbetäubende Knall war überall im Ort zu hören. Anwohner der umliegenden Straßen rissen ihre Fenster auf, hielten verstört Ausschau nach der Ursache des explosionsartigen Lärms. Andere stürmten aus ihren Häusern, rannten die Straße entlang in Richtung der vielstimmigen Hilferufe, die aus der Umgebung des Postamtes herüberschallten.

Was mochte da wohl passiert sein?

Den Ankommenden bot sich ein Bild des Grauens. Blutüberströmte, schreiende Menschen liefen verstört auf der Straße herum. Mit schmerzverzerrten Gesichtern standen andere wortlos zwischen Trümmerteilen – Türen, Fenstern, Dachteilen – unfähig, den Hinzueilenden irgendetwas zu erklären.

Der Blick durch die große Türöffnung – die Eingangstür selbst war auf die Straße geschleudert worden – offenbarte das gesamte Bild der Katastrophe. Eine gewaltige Detonation musste sich im Inneren des Postamtes ereignet haben. Zerborstene Wände, herunterhängende Kabel, herumliegende, kaum identifizierbare Teile der Büroeinrichtung, alles mit einer dicken Staubschicht überzogen, verstellten fast vollständig den Blick auf das Allerschlimmste: Am Boden lag reglos der Körper einer jungen Frau. Es war Gerlinde Kleeberg, sie war tot. Die Wucht der Explosion hatte sie zu Boden geschleudert, ihr tiefe Platzwunden zugefügt und Teile ihrer Kleidung durch den Raum gewirbelt. Neben ihr hockte ihr Vater, selbst schwer verletzt, und hielt die Hand der toten Tochter. Ein Bild des Grauens für alle Herbeigeeilten, die den Mut hatten, einen Blick durch die offene Tür in das Innere des Raumes zu werfen.

Nur wenige Minuten vergingen, bis die Feuerwehr und Beamte der örtlichen Polizei eintrafen. Das erschütternde Bild vor Augen, stockte ihnen der Atem. Sofort war klar, dass ärztliche Hilfe und der Rettungswagen des Roten Kreuzes angefordert werden mussten. Der Leiter des örtlichen Polizeireviers entschied angesichts des Ausmaßes der Katastrophe, unverzüglich die vorgesetzten Dienststellen in Hannover, die Landeskriminalpolizei und den zuständigen Staatsanwalt zu verständigen.

Letzterer reagierte prompt. „Bitte tragen Sie dafür Sorge, dass das gesamte Gelände um das zerstörte Gebäude hermetisch abgeriegelt wird. Bis zu meinem Eintreffen vor Ort ist allen Anwesenden strikt zu untersagen, das Gebäude zu betreten." „Selbstverständlich, Herr Oberstaatsanwalt", weiter kam der Anrufer nicht, da am anderen Ende bereits aufgelegt war.

Nur eine knappe halbe Stunde später fuhr der Staatsanwalt in seinem Dienstwagen vor. Ein kurzer Blick genügte ihm, um zu erkennen, dass hier etwas Ungeheures geschehen war. Sprachlos verharrte er einen Augenblick vor dem Trümmerfeld, das den Weg in das Innere des Gebäudes verstellte. Um in das Haus zu gelangen und sich ein Bild vom Ausmaß der Zerstörungen zu machen, nutzte er schließlich den Hintereingang des Postgebäudes.

Auf seine Frage nach Zeugen fand sich unter den Verletzten eine ältere Frau, die leichte Schnittwunden am Kopf davongetragen hatte. Sie stand spürbar unter Schock und hatte allergrößte Mühe, den Hergang der Ereignisse zu schildern. Aus bruchstückhaften, wenig geordneten Mosaiksteinchen entstanden ganz allmählich die Konturen des unfassbaren Geschehens: Im Schalterraum des Postgebäudes, so die Zeugin, habe sich kurz nach 8:30 Uhr ein wahres Höllenspektakel ereignet. Inmitten der Anwesenden sei es plötzlich zu einer heftigen Detonation gekommen, deren Druckwelle Menschen und Einrichtungsgegenstände wie Spielzeugfiguren durch den Raum wirbelte. Sie selbst sei gegen die Schalterabsperrung geschleudert worden und habe noch sehen können, wie ein greller Feuerschein die Tochter des Postbeamten umgab. Ob da möglicherweise das Paket explodiert sei, das die junge Frau unter dem Arm trug? Für diese habe es keine Rettung mehr gegeben. Aber auch die Mehrzahl der übrigen Anwesenden habe schwere Schnittwunden und Prellungen an Kopf und Armen erlitten.

Einem älteren Mann, der über heftige Schmerzen in beiden Ohren klagte, schienen von der Druckwelle die Trommelfelle geplatzt zu sein.

Doch was war die wirkliche Ursache der Explosion? Konnte man der Schilderung der verstört wirkenden Augenzeugin Glauben schenken?

Ein explodierendes Postpaket, so etwas hatte es bisher noch nirgendwo gegeben. Hing das Ganze nicht doch mit der größeren Geldauszahlung an diesem Tage zusammen? Hatten die Täter irgendwo im Postamt eine Bombe versteckt und sie jetzt zur Detonation gebracht?

Um 12.40 Uhr verbreitete die Deutsche Presseagentur DPA die folgende Meldung:

„Auf das Postamt Eystrup wurde ein Sprengstoffanschlag verübt ... Es besteht die Möglichkeit, dass das Attentat einen Raub der zur Rentenauszahlung in dem Postamt lagernden Geldbeträge ermöglichen sollte."

2

Die Redaktionskonferenz der „Bremer Nachrichten"
war pünktlich zu Ende gegangen. Der neue Chefredakteur, Dr. Arnold Fuchs, hatte die Gespräche wie
immer umsichtig und zügig geleitet. Es fiel ihm leicht,
den fachlichen Diskurs mit seinen Kolleginnen und
Kollegen zu führen, denn bis zu seiner Berufung zum
Redaktionsleiter vor wenigen Monaten hatte er
selbst diesem Kreis als Verantwortlicher für das Res-
sort „Innenpolitik" angehört.

Im Mittelpunkt der Aussprachen stand ein weiteres Mal die Ausweitung des Koreakrieges, der nun
schon mehr als ein Jahr andauerte. Durch die eskalie-
renden Bombeneinsätze auf beiden Seiten mit hohen
Opferzahlen gerieten die Kriegsparteien immer stärker in den Fokus und die Kritik der Weltöffentlichkeit.
Eine halbe bis eine Million Menschen war bislang bei
diesen massiven Luftangriffen ums Leben gekommen,
und ein Ende der Kriegshandlungen war nicht abseh-
bar.

Auch den vor Wochenfrist gestellten Antrag der
Bundesregierung, die Kommunistische Partei
Deutschlands zu verbieten, galt es für den Politikteil
der Zeitung aufzubereiten. Auf die zwischen den politischen Parteien der Bundesrepublik kontrovers geführten Auseinandersetzungen zu dieser Frage musste reagiert werden. Zudem hatte man sich mit der
von Presseorganen und dem Staatsrundfunk der
„DDR" geführten Kampagne gegen das Parteienver-
bot auseinander zu setzen. Reichlich Diskussionsstoff

lieferten ebenso die in den Medien verbreiteten Positionen und Meinungen zu diesem Thema.

Geschickt hatte Fuchs es verstanden, die Informationen und Argumente zu diesem Komplex zu bündeln und den Tenor für Berichterstattung und Kommentar herauszuarbeiten.

Schnell waren die Informationen und Meinungen über das geplante neue „Gesetz zum Schutz der Jugend in der Öffentlichkeit" ausgetauscht. Und im Auslandsteil sollte wie an den Vortagen wiederum ausführlich über die Überschwemmungskatastrophe in Oberitalien berichtet werden, wo der Po in einem unvorstellbaren Ausmaß das Land überflutet hatte.

Zufrieden mit den Ergebnissen verließ Dr. Fuchs nach gut zwei Stunden den Konferenzraum. Ein Blick auf die Uhr sagte ihm, dass es Zeit sei, sich eine kurze Mittagspause zu gönnen.

Etwa eine halbe Stunde war vergangen, als er sein Arbeitszimmer betrat, das unmittelbar neben dem großen Konferenzraum lag. Er hatte nach der Übernahme seiner leitenden Position damit begonnen, seinem Arbeitsplatz durch einige Kleinigkeiten an den Wänden und in den Regalen eine persönliche Note zu geben. Die Porträtaufnahmen des Bundeskanzlers Konrad Adenauer und des Bundespräsidenten Theodor Heuss hatte er von seinem Vorgänger übernommen. Anerkennung ihrer Arbeit und Respekt vor den führenden Köpfen der jungen Bundesrepublik hatten ihn schon vor längerem bewogen, der CDU beizutreten.

Inzwischen hatte sich bei ihm der Feuilletonchef des Hauses, Dr. Berner, eingefunden, mit dem noch einige Absprachen für die geplante Kulturbeilage der Zeitung zu treffen waren. Zuvor warf Fuchs noch einen flüchtigen Blick auf die Tagespost, die seine Sekretärin ihm gerade auf den Schreibtisch gelegt hatte. Ein längliches, gut verschnürtes Eilpaket, das an ihn persönlich adressiert war, machte ihn neugierig, auch wegen des Zusatzes „Vom Empfänger persönlich zu öffnen".

„Könnte Schnaps drin sein. Ist ja bald Weihnachten", scherzte sein Gegenüber. „Na, wollen wir mal sehen", gab Fuchs zurück und sah nach, von wem das Paket kam.

„Universität Göttingen, Institut für Landwirtschaftslehre, Nikolausberger Weg 11" war als Absender vermerkt. Da er weder mit jemandem aus der Universität Korrespondenz geführt noch irgendetwas bei dieser Adresse bestellt hatte, war er neugierig auf den Inhalt und begann damit, den Deckel des röhrenförmigen Pakets zu lösen.

In diesem Moment brach das Inferno über ihn und die übrigen Anwesenden herein.

Eine Detonation von ungeheurer Wucht erschütterte das gesamte Gebäude. Wände stürzten ein, Fenster und Türen wurden aus ihren Verankerungen gerissen, Regale kippten um, Akten wurden durch den Raum gewirbelt, Mörtel stürzte von Decken und Wänden herab und fiel auf Tische und Fußboden. Begleitet von einer Stichflamme war die Trennwand zwischen dem Chefzimmer und dem Redaktionssaal eingestürzt. Beißender Qualm durchzog alle Räume. Einer Sekretärin war es im Vorraum durch einen blitzschnellen Sprung zur Seite gerade noch gelungen, sich vor herabstürzenden Steinmassen zu retten.

Entsetzt starten alle Redakteure vom Konferenzsaal aus in Richtung des nun offen vor ihnen liegenden Arbeitszimmers des Chefredakteurs. Eine dunkle Staubwolke verstellte ihnen völlig die Sicht und ließ das Allerschlimmste befürchten. Es dauerte Minuten, bis das wahre Ausmaß der Katastrophe sichtbar wurde. An Kopf und Händen blutend, vom Schock gelähmt, saßen der Feuilletonchef und die Sekretärin auf ihren Stühlen. In einer Ecke des Raumes lag blutüberströmt und regungslos Dr. Fuchs, von herabgestürzten Trümmerteilen und umgestürzten Einrichtungsgegenständen fast völlig bedeckt.

Wie gelähmt von dem schrecklichen Anblick, war niemand in der Lage, in irgendeiner Weise zu reagieren. Noch einmal vergingen Minuten, bevor der erste Redakteur zum Telefon griff.

Bereits kurz darauf war die Polizei mit mehreren Einsatzfahrzeugen, darunter dem Tatortwagen der Mordkommission, zur Stelle. Fast zeitgleich fuhren Krankenwagen und Feuerwehr vor. Auch die mit Katastrophenszenarien vertrauten Polizeibeamten und Feuerwehrmänner rangen angesichts des sich ihnen bietenden Desasters um Fassung.

In höchster Eile musste den Opfern erste Hilfe geleistet werden. Die beiden Schwerverletzten wurden notdürftig versorgt, bevor sie mit Rettungswagen des Roten Kreuzes in die Unfallklinik gebracht werden konnten.

Für den Chefredakteur konnte niemand mehr etwas tun. Die gewaltige Explosion hatte seinen Körper förmlich zerrissen. Mitarbeiter des Rettungsdienstes begannen damit, seinen Leichnam für die Überführung in die städtische Pathologie vorzubereiten.

Unter Leitung des Bremer Polizeipräsidenten von Bloch, der in der Zwischenzeit ebenfalls am Tatort eingetroffen war, begannen Beamte der Mordkommission mit der Spurensicherung. Nach dem kriminalpolizeilichen Grundsatz, den Tatort „zunächst nur mit den Augen zu betreten", wurde das Bild der Zerstörungen mithilfe von Fotoaufnahmen und Zeichnungen sorgfältig dokumentiert. Erst danach konnte mit dem genauen Durchsuchen des Raumes begonnen werden.

Äußerst behutsam und in kleinen Schritten arbeiteten sich die Beamten der Spurensicherung in das Innere des zerstörten Raumes vor. Vorsichtig wurden herumliegende Trümmerteile zunächst von allen Seiten betrachtet, anschließend mit Pinseln vom Staub befreit und wieder an ihren Platz zurückgelegt. Bei diesen Maßnahmen kam es darauf an, mögliche Veränderungen am Tatort zu vermeiden, um weitere Nachforschungen durch Spurensicherungs- und Sprengstoffexperten zu einem späteren Zeitpunkt nicht zu erschweren. Vorrangiges Ziel war es, eventuell vorhandene Überbleibsel des Sprengstoffpakets zu finden, die es erlaubten, den Hergang des Sprengstoffattentats zu rekonstruieren und gegebenenfalls Rückschlüsse auf den oder die Täter zu ziehen.

Schon mehr als eine halbe Stunde war vergangen, als einer der Polizeibeamten auf ein besonderes Fundstück stieß. Zur Hälfte durch herabgestürzte Aktenordner bedeckt, lag ein zerrissenes Stück eines Packpapierbogens auf dem Boden vor ihm. – Handelte es sich dabei um Teile des Verpackungsmaterials, in das der Sprengstoff eingehüllt war?

Mit äußerster Vorsicht wurde das fragliche Stück Papier unter den Augen der übrigen Kriminalbeamten geborgen und vom Staub befreit. Erleichterung und Freude stand den Ermittlern ins Gesicht geschrieben, nachdem ihnen bewusst geworden war, den Paketaufkleber mit der Empfängeranschrift gefunden zu haben. Maschinenschriftlich war darauf als Adressat Dr. Arnold Fuchs vermerkt, sowie – eben noch lesbar – der Hinweis „Vom Empfänger persönlich zu öffnen".

„Das könnte uns weiterhelfen". Mit diesen Worten übergab der Finder, nicht ohne ein gewisses Gefühl von Stolz, das Papier dem Leiter der Mordkommission, Kriminalrat Kurau. Auf ein derartiges Zeichen schien dieser bereits gewartet zu haben.

„Das ist die Spur, die uns weiterhelfen wird. Sehen Sie, hier gibt es einen Hinweis darauf, auf welchem Weg das Paket in das Verlagshaus gelangt ist. Der Poststempel dokumentiert, dass das Paket gestern, gegen 12 Uhr mittags, auf dem Postamt im benachbarten Verden aufgegeben wurde."

„Bitte stellen Sie eine Verbindung zum Postamt Verden her", gab Kurau einer gerade vorbeikommenden Redaktionsmitarbeiterin mit auf den Weg.

„Ja, ich erinnere mich genau. So etwas kommt bei uns ja nicht jeden Tag vor", war die spontane Reaktion des Postbeamten auf den Anruf aus Bremen. „Schon durch sein Aussehen fiel mir der junge Mann auf, der das Paket aufgab. Er trug einen langen Mantel, wohl so eine Art Kamelhaarmantel, und hatte einen großen Hut mit breiter Krempe auf. Aber worüber ich mich am meisten wunderte: Er bestand darauf, das Paket unbedingt per Eilpost zu senden, obwohl ich ihm klarzumachen versuchte, dass die Zustellung in Bremen am nächsten Tag auch mit der regulären Post erfolgen würde. Ja, ein etwas merkwürdiger Mensch, muss ich schon sagen, scheinbar so ein Emporkömmling von irgendeiner Universität."

„Danke fürs Erste. Vielleicht helfen uns Ihre Beobachtungen weiter", gab Kurau zurück. „Wir werden Sie in den nächsten Tagen wohl noch einmal eingehender befragen müssen."

Der Polizeipräsident selbst hatte das Redaktionsgebäude bald nach seinem Eintreffen wieder verlassen, um eine Eilmeldung an Rundfunk und Presse herauszugeben. Unmittelbar danach unterbrachen alle Radiostationen in der gesamten Bundesrepublik ihr Programm, um die Bevölkerung und die Postämter vor der Annahme ähnlicher Schnellpakete zu warnen: „Achtung! Höllenmaschine unterwegs!"

Inzwischen hatten auch die „Bremer Nachrichten" über Fernschreiber eine Eilmeldung an alle Zeitungsredaktionen des Bundesgebietes herausgegeben und vor weiteren möglichen Attentaten gewarnt.

3

Das Tagesjournal der Polizeistation in Verden an der Aller vermerkte für diesen Tag keine besonderen Vorkommnisse. Zwei kleine Verkehrsunfälle mit Blechschäden, eine handfeste Auseinandersetzung zwischen Gartennachbarn, ein Ladendiebstahl waren die einzigen Einträge bis zum Nachmittag.

Gegen 15 Uhr ging ein Anruf aus dem Ortsnetz ein. Am Telefon meldete sich Arno König, der Inhaber eines bekannten, gut florierenden Futtermittelunternehmens.

„Ich weiß nicht, ob ich Ihnen damit auf die Nerven gehe. Aber es ist schon etwas merkwürdig, was ich da heute mit der Post bekommen habe", begann er zu berichten.

Er erhalte täglich per Post von seinen Geschäftspartnern Warensendungen unterschiedlichster Art. Soweit es seine Zeit zulasse, prüfe er diese immer persönlich, danach gebe er sie dann an die zuständigen Mitarbeiter seiner Firma weiter. Heute sei ein auffälliges, sorgfältig verschnürtes und an ihn persönlich adressiertes Paket darunter gewesen. Als Absender sei eine Einrichtung vermerkt, mit der er nichts anfangen könne: „Institut für angewandte Ernährungswissenschaft" in Bremen. Nachdenklich gemacht habe ihn aber vor allem der sofort ins Auge springende Hinweis „Nur vom Empfänger persönlich zu öffnen". Beim vorsichtigen Anheben des Deckels der Verpackung habe er einen Draht gesehen, der in das Innere der Paketröhre führte.

„Um Gottes willen! Wo ist das Paket jetzt?", fiel ihm der Polizeimeister ins Wort, der sich den Bericht bis zu diesem Augenblick – dabei immer nervöser werdend – angehört hatte.

„Ich habe es zunächst von einem Mitarbeiter in den Keller schaffen lassen. Aber vielleicht ist ja alles auch nur halb so schlimm. Vielleicht sind ja auch nur Scherzartikel oder eine Stinkbombe drin", wandte König ein.

„Bombe ja, aber möglicherweise eine echte! Haben Sie nicht die Meldung gehört, die seit heute Mittag von allen Rundfunkstationen verbreitet wird über zwei Sprengstoffattentate ganz in der Nähe?"

Stille. Er hörte den Anrufer am anderen Ende der Leitung schwer atmen.

„Bitte unternehmen Sie nichts! Wir sind in wenigen Minuten bei Ihnen". Abrupt hatte der Polizeimeister das Gespräch beendet. „Sofort-Einsatz mit allen Fahrzeugen! Vermutlicher Sprengstoffanschlag auf den Inhaber der Futtermittelfirma König!", lautete nur Sekunden später seine Anweisung an alle am Ort verfügbaren Polizeibeamten.

Zwei jüngere Beamte, die im neuen Dienstfahrzeug, einem olivgrünen Hebmüller Cabrio, in der Nähe unterwegs gewesen waren, erreichten als erste das Firmengelände.

„Wir haben den Auftrag, Sie in Sicherheit zu bringen und anschließend das gesamte Gelände weiträumig abzusperren. Um die Sache mit der Bombe kümmern sich Experten aus Bremen und Hannover, die wir angefordert haben und die in gut einer Stunde hier eintreffen werden."

Auf dem gesamten Betriebsgelände und im Bürogebäude herrschte gespenstische Stille, als Beamte der Kriminalpolizei Hannover und der Sprengmeister der Bremer Polizei vor Ort eintrafen.

„Bitte beschreiben Sie uns den Platz, an dem sich das fragliche Objekt befindet, und den Weg dorthin. Betreten Sie aber selbst auf keinen Fall das Gebäude!", war die Anweisung an den Geschäftsinhaber, nachdem er ihnen noch einmal erklärt hatte, wie es zu der Situation gekommen war und was er selbst beobachtet hatte.

Es vergingen nur Minuten, bis die Spezialisten das Gebäude wieder verließen. Der Feuerwerker der Bremer Kriminalpolizei trug den geborgenen Gegenstand mit angewinkelten Armen vor sich her und bestieg damit sofort das bereitstehende Polizeifahrzeug. Langsam setzte sich dieses in Bewegung, gefolgt von dem Fahrzeug der Beamten aus Hannover.

Die Fahrt über die holprige Landstraße nach Bremen kam allen Beteiligten endlos vor. Die leichteste Erschütterung hätte zur Explosion des unbekannten

Objekts führen können. Kreidebleich stieg der Sprengstoffexperte aus dem Auto, immer noch das längliche Paket mit beiden Armen vor sich her tragend. Sein Weg führte direkt in den Keller des Bremer Polizeipräsidiums.

Für die geplante kriminaltechnische Untersuchung hatte der Bremer Polizeipräsident Verstärkung aus Hamburg angefordert. Zwei Experten der kriminaltechnischen Untersuchungsabteilung Hamburg standen inzwischen bereit und warteten auf ihren Einsatz.

„Wird schwierig". Mit dieser kargen Bemerkung und von einem eher gequälten Lächeln der Umstehenden begleitet, stiegen beide die steile Kellertreppe hinab.

Als sie nach fast einer Stunde mit dem unschädlich gemachten Sprengkörper wieder herauskamen, waren sie völlig durchgeschwitzt. Spontaner Applaus der Wartenden half, die Spannung ein wenig zu lösen.

Die Funktionsweise der Paketbombe war schnell erklärt: Im Inneren des Sprengsatzes waren zwei einzelne Drähte auf der einen Seite mit dem verwendeten Sprengstoff, auf der anderen Seite mit einer Batterie verbunden. Als Auslöser der Explosion diente eine Schnur, die an der Innenseite des Deckels der Paketröhre befestigt war. Beim Anheben des Deckels wurden die Enden der Drähte durch die Schnur zusammengezogen. Die Folge wäre auch in diesem Falle eine verheerende Explosion gewesen. Dass die Sprengladung nicht explodiert war, hatte einzig und allein daran gelegen, dass die verwendete Batterie defekt war.

4

Er hatte den dumpfen Knall, der vom Schünemann-Haus, dem Verlagshaus der „Bremer Nachrichten", herüber drang, mit eigenen Ohren gehört.

„Es hat geklappt. Es hat geklappt", murmelte er halblaut vor sich hin, während er sich schnellen Schrittes in Richtung Innenstadt entfernte. Jetzt nur nicht gesehen oder gar erkannt werden, das hätte ihm nach der langen, mühsamen Vorbereitung der ganzen Sache gerade noch gefehlt.

Natürlich hatte es geklappt. Schließlich war er der Experte. Er wusste, worauf es ankam und wo für ihn selbst die Gefahren lagen. Und natürlich würde er jetzt weiter machen. An Ideen für weitere, noch spektakulärere Aktionen mangelte es ihm nicht.

Am Morgen dieses Tages war er mit dem Frühzug, der die Pendler aus den umliegenden Städten und den größeren Landgemeinden zu ihren Arbeitsplätzen beförderte, in Bremen angekommen. Er kannte sich in der Stadt an der Weser inzwischen gut aus. Bereits am Vortag war er für eine gute Stunde dort gewesen. Er hatte das Postamt 5 aufgesucht, um zwei Eilpakete aufzugeben. Zuvor führte er von hier aus, vermittelt durch das „Fräulein vom Amt", zwei Ferngespräche. Er hatte sich dabei bemüht, seine innere Anspannung durch ruhiges, bewusst langsames Sprechen zu verbergen.

Nun war er innerhalb von 24 Stunden ein zweites Mal am selben Ort. Vom Bremer Hauptbahnhof aus hatte er sich an diesem Morgen auf kürzestem Wege zum Redaktionsgebäude der „Bremer Nachrichten" begeben. Er wollte sich vergewissern, ob sein lang gehegter Plan aufging. Mehrere Stunden verweilte er dort in diskreter Entfernung, dabei immer wieder seine Position wechselnd, um bei Anwohnern und Passanten keine Aufmerksamkeit zu erregen. Dann endlich kam, unüberhörbar, das erwartete Zeichen. Vor Freude hätte er alle Welt umarmen können!

Inzwischen war er auf dem Rückweg zum Bahnhof. Schritt für Schritt, Meter um Meter spürte er, wie die Spannung von ihm wich. Im Vorübergehen nahm er beim Blick zur Seite sein Spiegelbild in den reflektierenden Schaufensterscheiben wahr. Sein kraftvoller, energischer Schritt, seine jugendliche Gestalt, seine elegante Kleidung erfüllten ihn heute mehr denn je mit großer Zufriedenheit.

Kurz überlegte er, ob er sich nach dem forschen Marsch noch mit einem Glas Bier in der Bahnhofsgaststätte belohnen sollte. Der Blick auf den Fahrplan hielt ihn jedoch davon ab, hätte seine Abfahrt sich sonst doch um volle zwei Stunden verzögert. So reichte die Zeit gerade noch, um sich am Bahnhofskiosk Lektüre für die Rückreise zu besorgen. Die Auswahl unter den wenigen infrage kommenden Zeitschriften und Heftromanen fiel ihm nicht schwer. Er griff zu dem aktuellen Heft von „Billy Jenkins". Sich in die neuesten Abenteuer dieses Westernhelden zu vertiefen, würde ihm die Fahrzeit von Bremen nach Nienburg spürbar verkürzen.

Das Leben im „Wilden Westen", die Abenteuer von Cowboys und Indianern nahmen einen immer breiteren Raum in seiner Vorstellungswelt ein, seit er damit begonnen hatte, die Romanhefte regelmäßig zu lesen. Amerika erschien ihm darin als das weite, verlockende Land mit den unbegrenzten Möglichkeiten für jeden, der das Glück hatte, dort zu leben. Die unter den Siedlern herrschende Pionierstimmung, das unbeschwerte Leben auf einer Großranch, der Kampf um Weidegründe für die Viehherden, die konsequente Rache für erlittenes Unrecht, das Aufeinanderprallen von Ordnungshütern und Gesetzlosen, das alles faszinierte ihn und kreiste in seinen Gedanken. Und es war eine Gegenwelt zu seinem langweiligen, erlebnisarmen Kleinstadtalltag.

Die gleichaltrigen Jugendlichen, mit denen er Umgang hatte, konnte er mit seiner Begeisterung für Amerika jedoch nicht anstecken. Sie belächelten oder verspotteten ihn, gingen ihm, wenn es möglich war, aus dem Wege. Seine Idee, einen deutsch-amerikanischen Kulturverein zu gründen, taten sie als Hirngespinst ab. Niemand folgte seinem Aufruf, sich einem solchen Klub anzuschließen. Er verstand ihr Desinteresse, ihre ablehnende Haltung nicht. Lieber heute als morgen wäre er selbst in das „gelobte Land", wie er die USA oft nannte, ausgewandert. Allzu gern hätte er die engen Verhältnisse, in denen er lebte, gegen die große Freiheit auf der andern Seite des Ozeans eingetauscht. Es lohnte sich, unter Jugendlichen für diese bessere Welt zu werben.

Aber immer wieder stieß er bei Gleichaltrigen auf Kopfschütteln und Ablehnung. Für seine Appelle „Besucht die USA!", die er in Nienburg mit Ölfarbe und in großen Lettern auf Bürgersteige und an Mauern pinselte, erntete er nur Spott und Hohn.

Über sein Romanheft gebeugt, hatte er gar nicht bemerkt, dass der Zug sich in der Zwischenzeit in Bewegung gesetzt hatte. Und es überraschte ihn völlig, den Schaffner ausrufen zu hören, dass die Station Verden bereits erreicht war. Sollte er sich auch hier persönlich vom Erfolg seines Planes überzeugen? Er überlegte. Aber zum Handeln blieb keine Zeit mehr, der Blick aus dem Fenster zeigte ihm, dass der Zug bereits wieder angefahren war.

Er war mit seinen Gedanken immer noch im fernen amerikanischen Westen, als der Zug in den Bahnhof Nienburg einfuhr. Dass es kurz zuvor auch einen Stopp auf dem Bahnhof des Dorfes Eystrup gegeben hatte, war ihm völlig entgangen. Hier auszusteigen und sich vom Erfolg seiner Aktion zu überzeugen, hätte sich ihm aber ohnehin verboten. Zu groß wäre die Gefahr gewesen, von Dorfbewohnern am Tatort beobachtet zu werden.

Mit Nienburg verband ihn eine Art Hassliebe. Eigentlich fühlte er sich zu den Jugendlichen in der Stadt durchaus hingezogen. Zu einigen bestand wohl auch eine echte freundschaftliche Beziehung, zumindest empfand er es so. Andererseits war ihm die Stadt, an deren Peripherie er wohnte, zu klein, sie bot zu wenig Abwechslung, es passierte einfach zu wenig.

All das war für ihn jedoch von weitaus geringerer Bedeutung als die Tatsache, dass er hier Lisa kennengelernt hatte, die junge, hübsche Serviererin aus dem Eiscafe „Perdoni", mit der er sich zu Weihnachten verloben wollte. Heute musste er sie unbedingt kurz in ihrer Bar besuchen, hatte er sich in den letzten Tagen doch etwas rar gemacht. Er schätzte ihre fröhliche, offene Art, mit der sie auf andere Menschen zuging. Bei Alt und Jung war sie gleichermaßen beliebt. „Mein bestes Stück", so stellte sie der Inhaber der Eisdiele gern neuen Gästen vor.

Als regelmäßiger Besucher des Eiscafés war auch er vom ersten Augenblick an von ihrer Freundlichkeit und ihrem Charme fasziniert gewesen. Und es hatte nur wenige Tage gedauert, bis auch sie begann, Interesse an ihm zu zeigen. Von Besuch zu Besuch schlug sein Herz höher. Erste gemeinsame Kinobesuche, ein ausgelassener Tanzabend in der Bürgerhalle am arbeitsfreien Wochenende festigten Mal um Mal ihre Liebesbeziehung.

Heute kam ihm Lisa zurückhaltender, fast unterkühlt vor. Nur flüchtig hatte sie zu ihm herüber geschaut, als er den Raum betrat. „Oh, der USA-Professor", raunte jemand an einem der wenigen besetzten Tische seinem Nachbarn zu. Der „Herr Graf", witzelte ein anderer.

„Sieht man dich hier auch einmal wieder?", hielt ihm Lisa entgegen, und ohne ihm Gelegenheit zu einer Antwort zu geben, fuhr sie mit vorwurfsvollem Blick fort: „Wo warst du den ganzen Tag über? Mir gefällt nicht, dass ich überhaupt nicht weiß, was du tagsüber so treibst."

„Du wusstest doch, dass ich in Hannover und Br...", er schluckte das beinahe heraus geplatzte Wort herunter, „zu tun hatte. Oder hatte ich es dir nicht erzählt? Tut mir aufrichtig leid."

„Na ja, ist ja schließlich auch egal", lenkte Lisa ein. Er sollte nicht das Gefühl haben, von ihr kontrolliert zu werden. „Aber was viel wichtiger ist: Herzlichen Glückwunsch zum Geburtstag." Er merkte, wie er errötete. In der Tat hatte er in diesem Augenblick überhaupt nicht mehr an seinen Geburtstag gedacht. Ihm war nun klar, warum Lisa so abweisend gewesen war. Sicher hatte sie längst auf seine Einladung gewartet. „Entschuldige bitte, ich hatte so viel zu tun. Am nächsten Wochenende möchte ich dann aber ganz groß mit dir feiern. Sei mir bitte nicht böse. Danke für deine Glückwünsche." Lisa nickte.

„Hast du denn auch von den beiden Sprengstoffanschlägen gehört, die es heute in Eystrup und Bremen gegeben hat?", wechselte sie das Thema. „Eine junge Frau und ein Mann sind dabei ums Leben gekommen. Den ganzen Tag über wird im Radio davor gewarnt, Pakete von unbekannten Absendern anzunehmen. Es könnte sich dabei auch um eine solche Höllenmaschine handeln."

„Eine junge Frau und ein Mann? Durch ein Sprengstoffattentat? – Wie tragisch!" Mehr zu erwidern war er im Augenblick nicht im Stande.

„Ich gehe dann erst mal", brach er nach einer Weile das Schweigen. „Ich melde mich wieder."

Freitag, 30. November 1951

I

Noch lange nach Mitternacht war das Bremer Polizeihaus „Am Wall" hell erleuchtet. Den ganzen Abend über hatte auf den Fluren geschäftiges Treiben geherrscht. Immer wieder waren Autos vorgefahren, meist mit hoher Geschwindigkeit. Ihre Insassen bewegten sich forschen Schrittes auf das Gebäude zu und verschwanden hinter dem großen Eingangsportal. Passanten schienen diesem Treiben jedoch kaum Beachtung zu schenken. Welche Schlüsse hätten sie daraus auch ziehen sollen? Gab es für die nächtliche Geschäftigkeit einen besonderen Anlass? – Der Sonderdruck der „Bremer Nachrichten", der diese Fragen am nächsten Morgen beantworten würde, lief gerade vom Band.

Der große Besprechungsraum der Kriminalinspektion füllte sich nach und nach mit Männern, denen das Entsetzen ins Gesicht geschrieben war. Niemand hatte die Ruhe, einen der Plätze am langen Besprechungstisch einzunehmen. In kleinen Gruppen standen sie verteilt im Raum und unterhielten sich mit gedämpfter Stimme.

Was war an diesem Tage nur passiert? Etwas Ähnliches hatte zuvor niemand erlebt. Ein derartig infamer Mordanschlag war auch in den Wirren, die nach dem Zweiten Weltkrieg gerade in den Großstädten herrschten, nie bekannt geworden.

Soeben hatte sich der Senator für die Innere Verwaltung, Adolf Ehlers, eingefunden, ein für Krisenbesprechungen auf Polizeiebene außergewöhnlicher Vorgang. Auch das niedersächsische Kriminalamt, an der Spitze Kriminalrat Dr. Zirpins, war inzwischen mit mehreren Beamten vertreten.

„Meine Herren, was sich am gestrigen Tage in unserer Stadt und in der unmittelbaren Nachbarschaft ereignet hat, ist an Menschenverachtung und Brutalität nicht zu überbieten", begann Ehlers seine Eröffnung der nächtlichen Krisensitzung. „Ich habe mir selber im Laufe des Nachmittags einen Eindruck vor Ort verschafft, und ich bekenne freimütig, dass mich meine Gefühle überwältigt haben, und ich bei der Begegnung mit den anwesenden Redakteuren nach Worten gerungen habe. Ein solches Ausmaß an Zerstörung hat es in dieser Stadt seit Kriegsende nicht gegeben. Aus eigener Anschauung kennen Sie als Kriegsteilnehmer Bilder von Häusern, die durch Bombeneinschläge ganz oder teilweise zerstört wurden. Was sich da im Inneren des Verlagshauses abgespielt hat und wie es danach dort aussieht, erinnert auf fatale Weise an Zerstörungen, wie es sie beim Panzerbeschuss von Häusern in den letzten Kriegstagen gegeben hat. Uns alle stellt diese beispiellose Gewalttat vor Herausforderungen, denen wir nur durch den geballten Einsatz aller verfügbaren Kräfte gerecht werden können. Alle Welt wird von uns die schnelle Aufklärung dieser ruchlosen Mordserie erwarten. Und zu Recht, wie ich meine. Eine solche Herkulesaufgabe kann nur von einer sofort einzusetzenden Sonderkommission gelöst werden, der Beamte aus den verschiedenen Kommissariaten Ihres Hauses und des Niedersächsischen Landeskriminalamtes angehören müssen. Ich beauftrage Sie, Herr Bauer", und mit diesen Worten wandte sich Ehlers an den Chef der Bremer Kriminalpolizei, „alle hierzu notwendigen Schritte unverzüglich einzuleiten. Bitte übernehmen Sie auch die Koordinierungsaufgabe für die drei Unterkommissionen, die wir in Bremen, Verden und Nienburg an der Weser einsetzen werden".

Allen Anwesenden war klar: An eine angemessene Nachtruhe war nach den Turbulenzen des gestrigen Tages und angesichts der sich nun vor ihnen auftürmenden Berge von Arbeit nicht mehr zu denken, wahrscheinlich auch an den kommenden Tagen nicht. Bereits für 8.00 Uhr am folgenden Morgen war die Fortsetzung der Krisensitzung anberaumt.

Zum verabredeten Zeitpunkt fanden sich die Teilnehmer der nächtlichen Runde wieder im zentralen Besprechungsraum der Kriminalinspektion ein. Trotz der viel zu kurzen Regenerationszeit, in der kaum jemand in den Schlaf hatte finden können, wirkten alle Erschienenen erstaunlich frisch und voller Tatendrang. Allen war klar, dass eine riesige, noch völlig unüberschaubare Aufgabe vor ihnen lag, bei deren Lösung es am Ende auf jeden einzelnen ankommen würde.

Mit dem ersten Fernschreiben des Tages war aus Hannover die Nachricht eingetroffen, dass von dort einer gemeinsamen, länderübergreifenden Untersuchungskommission zugestimmt werde. Zunächst hatte es auf beiden Seiten Zweifel gegeben, ob ein solches Vorgehen überhaupt mit dem Grundgesetz und den Ländergesetzen vereinbar sei. Durch letztere waren polizeiliche Aufgaben eindeutig als Länderaufgaben definiert. Dementsprechend gab es in der jungen Geschichte der Bundesrepublik keinerlei Beispiele für länderübergreifende Untersuchungskommissionen. Bisher waren Kooperationen dieser Art am Besatzungsstatus gescheitert. Die Siegermächte des Zweiten Weltkrieges hatten sich bis zum Beginn der 50er Jahre geweigert, Bundes- und Länderpolizeien in Deutschland zuzulassen. Damit sollte einem neuen Erstarken militanter Kräfte und einer möglichen Machtkonzentration entgegengewirkt werden. Polizeikräfte aufzustellen war zunächst allein Aufgabe der Kommunen und der Landkreise gewesen.

„Es ist unsere Aufgabe, uns mit allen uns zur Verfügung stehenden Mitteln dafür einzusetzen, dass die Morde und Attentate von gestern so schnell wie möglich aufgeklärt werden", begann wenig später Kriminaldirektor Bauer seine Ausführungen. „Über die Vorkommnisse wird in den Tageszeitungen heute Morgen landauf, landab ausführlich berichtet. Auch der Rundfunk berichtet stündlich zu Beginn seiner Nachrichtensendungen über die Ereignisse und warnt weiterhin vor der Annahme auffälliger Postsendungen mit unbekanntem Absender. Für 12:00 Uhr hat sich die Nachrichtenredaktion unseres Senders „Radio Bremen" zu einem Vor-Ort-Interview in unserem

Hause angesagt und erwartet von uns erste Informationen zum derzeitigen Erkenntnisstand. Vorab kann ich Sie bereits über ein erfreuliches Ergebnis informieren. Unsere oberste Dienststelle und das Niedersächsische Ministerium des Inneren sind übereingekommen, eine gemeinsame Sonderkommission zu bilden. Ihr werden aus beiden Ländern Beamte des Erkennungsdienstes und der Kommissariate für Tötungsdelikte angehören", fuhr er fort. „Die Leitung der ‚Soko S', so wird sie wegen des aufzuklärenden Sprengstoffanschlags heißen, werden Kriminalrat Dr. Zirpins vom Landeskriminalamt in Hannover und Kriminalrat Kurau aus unserem Hause übernehmen. Ferner sollen Fachleute für Sonderaufgaben hinzugezogen werden, zum Beispiel Sprengstoffexperten.

Für Ihre Arbeit stehen Ihnen alle Büroräume auf dieser Etage zur Verfügung. Über Presse und Rundfunk werden wir eine einheitliche Telefonnummer bekannt geben, an die sich alle wenden können, die durch Zeugenaussagen oder sonstige Hinweise zur Klärung des Falles beitragen können. Um die Öffentlichkeit zu verstärkter Mithilfe zu veranlassen, wird in Absprache mit den verantwortlichen Stellen in beiden Ländern eine Belohnung von 10.000 DM ausgesetzt."

Mit diesen Worten war der Rahmen für das, worauf es jetzt ankam, abgesteckt. Aber womit sollte man beginnen?

In der Regel handelte es sich bei Tötungsdelikten um Einzelvorgänge. Hier hatte der Täter vermutlich jedoch gleich dreimal zugeschlagen, an drei verschiedenen Orten. Von einem Zusammenhang zwischen

34

den einzelnen Anschlägen war durchaus auszugehen, aber er war – bis auf die bekannt gewordenen äußeren Merkmale der verwendeten Sprengsätze – jedoch noch keineswegs bewiesen.

Keinerlei Hinweise gab es bisher auch auf die Tatmotive. Welche Absicht verfolgten die oder der Täter mit ihrem grausamen Plan? Gab es Gemeinsamkeiten, Verbindungen zwischen den Personen, denen die Paketbomben zugedacht waren? – Fragen, die auch in der öffentlichen Berichterstattung eine zentrale Rolle spielten.

War es die Tat eines Einzelnen oder hatte eine kriminelle Vereinigung ihre Finger im Spiel? Gab es Helfer oder Hintermänner? Hatten die Anschläge einen politischen Hintergrund? Sollten damit Personen des öffentlichen Lebens oder gar politische Parteien getroffen werden?

Die erste Diskussion dieser Fragen in der Expertenrunde machte deutlich, dass es durchaus unterschiedliche Sichtweisen und Meinungen hierzu gab.

Mit einem aufmunternden „Packen wir es an, meine Herren!" löste Kriminaldirektor Bauer die Runde auf.

2

Auf den Fluren und in den Redaktionsräumen der „Bremer Nachrichten" herrschte gedrückte Stimmung. Nichts war an diesem Morgen so wie an den Tagen zuvor. Der infame Mordanschlag am gestrigen Tage hatte ihren engagierten, hoch geachteten Chef aus ihrer Mitte gerissen. Aber mehr noch: Er hatte ihnen einen warmherzigen, liebenswürdigen Kollegen genommen, der immer, wenn es angebracht war, ein aufmunterndes Wort parat hatte oder auch zu kleinen Späßen aufgelegt war.

Die Lokalredaktion hatte sich schwer getan, dieses unfassbare Ereignis in eine angemessene Berichtsform für die heutige Ausgabe zu bringen. Durch und durch war die Beschreibung der reinen Fakten von persönlicher Anteilnahme und Trauer geprägt.

Nicht einmal 50 Jahre alt war Dr. Fuchs geworden. Niemand im Verlag konnte sich erklären, warum gerade er, der sich größter Wertschätzung im öffentlichen und politischen Leben erfreute, Opfer eines Attentates werden konnte. In spontanen Beileidsbekundungen, die aus allen gesellschaftlichen Kreisen, vor allem auch aus der eigenen Leserschaft eingingen, wurde der untadelige Charakter des Chefredakteurs betont. Unvorstellbar der Gedanke, dass sich dieser besonnene, stets auf Ausgleich bedachte Mann jemanden zum Feind gemacht hatte. In dem ebenfalls in der heutigen Ausgabe erschienenen Nachruf waren noch einmal seine fachlichen und menschlichen Qualitäten gewürdigt worden.

Inzwischen waren auch Beamte der Mordkommission und des Erkennungsdienstes wieder am Tatort eingetroffen. Jetzt galt es, Antworten auf die vielen Fragen zu bekommen, die der Fall aufgeworfen hatte. Von Beamten der Spurensicherung mussten noch einmal die zerstörten Räume genauestens unter die Lupe genommen werden. Gab es neben den gefundenen Paketresten noch weitere Spuren, die auf die Täter hindeuteten?

„Hatte Herr Dr. Fuchs Ihrer Meinung nach Gegner oder Feinde innerhalb des Hauses?", kam Kriminalrat Kurau direkt zu Sache. Wenn auch nicht sehr nahe liegend, musste diese Frage unbedingt gestellt werden.

Nein, das konnte man sich nun wirklich nicht vorstellen. Jeder der befragten Redakteure schloss diese Möglichkeit für seine Kollegen und natürlich für sich selbst rundweg aus. Allen gegenüber hatte sich Dr. Fuchs stets kollegial, verständnisvoll und hilfsbereit gezeigt. Es gab niemanden im Hause, der jemals Negatives über ihn geäußert hätte.

„Wir hatten im Grunde auch nichts anderes erwartet. Aber bitte verstehen Sie uns. Es gehört zu unserem Handwerk, zunächst einmal die näheren Verhältnisse genauer unter die Lupe zu nehmen. Bitte haben Sie Verständnis, falls wir im Verlauf der weiteren Ermittlungen auf diese Frage möglicherweise doch noch einmal zurückkommen müssen. Im Augenblick gehen wir alle davon aus, dass der Täter im weiteren Umfeld zu suchen ist, möglicherweise auch außerhalb Bremens, denn es hat, wie Sie wissen, zwei weitere Anschläge ähnlicher Art an zwei Orten in Niedersachen gegeben."

Mit diesen erläuternden Worten bemühte sich Kriminalrat Kurau, den Eindruck zu zerstreuen, zu gefühllos und technokratisch mit einer Angelegenheit umgegangen zu sein, über die zu reden jedem im Hause verständlicherweise schwer fiel.

„Könnte das Ganze vielleicht etwas mit der merkwürdigen Prophezeiung dieses holländischen Telepathen zu tun haben, über die sich Dr. Fuchs vor einigen Wochen in der morgendlichen Kaffeerunde mokierte?", warf einer der anwesenden Redakteure ein.

„Wovon sprechen Sie? Was wissen Sie über diesen Mann?" – Die Andeutung schien Kurau geradezu elektrisiert zu haben.

Die Geschichte war schnell erzählt: In einem Bremer Kabarett war einige Wochen zuvor der Amsterdamer Hellseher und Gedankenleser Burlisto aufgetreten. Er behauptete von sich, nach einem schweren Unfall telepathische Fähigkeiten bei sich entdeckt zu haben. Seine Kunststücke vor seinem Publikum schienen jedoch nur von mäßigem Erfolg gekrönt zu sein.

Als er wenig später, nach einer Wette, mit verbundenen Augen mit einem Auto durch Bremens belebte Innenstadt fuhr, ohne dabei mit anderen Autos, Radfahrern und Fußgängern zu kollidieren, war man sich einig, dass dieses nicht mit rechten Dingen zugegangen sein konnte. In der Presse jedenfalls wurden seine hellseherischen Fähigkeiten stark angezweifelt.

Bald darauf erschien Burlisto im Verlagsgebäude der Bremer Nachrichten. Wollte er die seiner Meinung nach fehlerhafte Berichterstattung geraderücken? Auf dem Korridor begegnete ihm Dr. Fuchs. Obwohl von seinem Wesen her äußerst feinfühlig und rücksichtsvoll im Umgang mit anderen Menschen, konnte er sich angesichts der jüngsten umstrittenen Aktion Burlistos eine ironische Bemerkung nicht verkneifen.

Burlisto fühlte sich provoziert. Gewissermaßen um einen Beweis für seine telepathischen Fähigkeiten zu geben, baute er sich vor Dr. Fuchs auf und prophezeite ihm: „Innerhalb einiger Monate werden Sie nicht mehr leben." Dr. Fuchs verkniff sich ein mitleidsvolles Lächeln und zog die Tür seines Arbeitszimmers hinter sich zu.

„Das ist ja ungeheuerlich! Ist das so, wie Sie es berichtet haben, verbürgt?", fragte Kriminalkommissar Völlers nach, der die wichtigsten Details mitprotokolliert hatte.

„Der Sache muss auf alle Fälle nachgegangen werden. Sind die Personalien dieses Burlisto bekannt? Wo hält er sich zurzeit auf?", ergänzte Kurau die Nachfrage seines Kollegen.

Emmi Henze, eine Verlagsangestellte aus dem Schreibbüro, betrat den Besprechungsraum. „Ich weiß nicht, ob es für Ihre Arbeit wichtig ist. Aber es lässt mir einfach keine Ruhe. Ich glaube nämlich, dass es der Täter war, der am Tag vor dem Attentat hier anrief und fragte, ob Herr Dr. Fuchs am darauf folgenden Tag, also gestern, im Hause sei", berichtete sie sichtlich nervös.

„Danke, Frau Henze, selbstverständlich ist das eine wichtige Information für uns. Können Sie noch etwas mehr zu dem Anrufer sagen?"

„Nicht sehr viel. Mir fiel lediglich auf, dass er betont langsam, ja fast stockend sprach. Ich glaube, es war eher eine jüngere Stimme. Ach ja, und dann noch, dass er auf meine Rückfrage nach dem Grund seines Anrufs offensichtlich etwas aus der Fassung geriet. Zuerst sagte er gar nichts, und dann stammelte er etwas von geschäftlichen Gründen. – Aber ich weiß nicht, ob Sie damit etwas anfangen können."

„Wir werden sehen. Oft sind es gerade die Kleinigkeiten, die uns weiterhelfen. Fürs Erste herzlichen Dank." Mit dieser Bemerkung machte Kurau deutlich, dass er seine Befragung an diesem Punkt beenden wollte. Inzwischen waren bei der Mordkommission mehrere Hinweise aus der Öffentlichkeit eingegangen, die es nun abzuarbeiten galt.

In diesem Augenblick klopfte es an der Tür und ein jüngerer Mann trat ein. Es war der Fotograf der Lokalredaktion.

„Ich möchte Ihnen die Fotos geben, die ich gestern unmittelbar nach dem Anschlag gemacht habe. Ich habe aus mehreren Fenstern die Menschen fotografiert, die sich vor dem Verlagshaus aufhielten oder die gerade vorübergingen. Manche sind zu weit entfernt, um ihre Gesichter erkennen zu können. Andere sind nur von der Rückseite zu sehen, aber vielleicht könnte die Kleidung helfen, den möglichen Täter zu identifizieren."

„Danke dafür! – Das war alles in allem ein sehr ertragreicher Besuch in Ihrem Hause", bedankte sich Kurau im Weggehen.

3

Auf der Suche nach einem plausiblen Tatmotiv war man bislang nicht weiter gekommen. Hatten die Anschläge am Ende doch einen politischen Hintergrund?

Immerhin gehörten alle drei Adressaten der Sprengstoffpakete einer politischen Partei an, nämlich der CDU. Als Parteimitglieder waren sie zwar nicht öffentlich in Erscheinung getreten, aber sie hatten einen festen Platz im gesellschaftlichen Leben ihrer Stadt oder in ihrer dörflichen Gemeinschaft. Es drängte sich die Frage auf: War hier möglicherweise ein Stellvertreterkonflikt losgetreten worden? Wollte man mit der Aktion die stärkste Partei der Bundesrepublik treffen, die zwei Jahre zuvor mit knapper Mehrheit an die Macht gekommen war und deren Vorsitzender, Bundeskanzler Dr. Konrad Adenauer, hohes Ansehen im Lande genoss? Wenn dem so wäre, müsste wohl vor allem im linken Parteienspektrum nach den Attentätern Ausschau gehalten werden.

Man war zwar entschlossen, auch diese Möglichkeit ins Kalkül zu ziehen, aber so recht vorzustellen vermochte sich das niemand. Diese Meinung wurde auch vom Präsidenten des Bundeskriminalamtes gestützt, der sich noch am Tag der Anschläge in die Ermittlung eingeschaltet hatte. Wenn auch vieles für eine politisch motivierte Tat spreche, so zeige die Kriminalgeschichte doch, dass auch Geistesgestörte, insbesondere Schizophrene, zu solchen Taten in der

Lage seien, hatte er argumentiert. Auch der Bremer Polizeipräsident teilte diese Auffassung.

Wesentlich konkreter und erfolgversprechender erschien es daher im Augenblick, den Hinweisen, die aus der Bevölkerung kamen, nachzugehen.

Kriminalkommissar Völlers und Kriminalsekretär Hinrichs hatten die Aufgabe übernommen, den Postbeamten im Postamt Verden, der das für Dr. Fuchs bestimmte Paket angenommen hatte, zu befragen. Auf dem Weg dorthin machte Völlers einen kurzen Abstecher in die Stader Straße, um sich für den Rest des Tages bei seiner Frau ,abzumelden'. Man war nämlich in der Soko S übereingekommen, die regulären Dienstzeiten außer Kraft zu setzen und bis in den Abend hinein, wenn nötig auch die ganze Nacht hindurch, zu arbeiten. Für die dann verbleibenden knappen Ruhezeiten sollten im Laufe des Tages einfache Betten in den Diensträumen aufgestellt werden.

Von der Öffentlichkeit wurden die Ermittlungsarbeiten mit größter Aufmerksamkeit verfolgt. Alle großen Tageszeitungen hatten am Morgen über die Anschläge berichtet. Der Bremer Senat hatte sich im Laufe des frühen Vormittags eingehend mit der Angelegenheit beschäftigt. Auch das Bonner Bundeskabinett behandelte diesen Punkt in einer kurzfristig einberufenen Sitzung.

„Wann sehe ich dich dann wohl wieder? Und wie macht ihr das mit dem Essen?", fragte Frau Völlers besorgt, während ihr Mann schon wieder im Begriff war zu gehen.

„Ich hoffe, dass es uns gelingt, den Fall schnell aufzuklären. Und über das Essen mach dir bitte keine Sorgen. Wir werden schon nicht verhungern. Du weißt, dass es nur wenige Häuser vom Polizeihaus entfernt eine große Fleischerei gibt. Von dort wird man uns sicher gern und so oft wir wollen mit Brötchen und Hackepeter beliefern."

Im Laufschritt eilten Völlers und Hinrichs zu ihrem vor dem Haus abgestellten Fahrzeug.

„Dann müssen wir wohl jetzt unsere Reisepässe vorzeigen, wenn wir in das Nachbarland Niedersachsen einreisen, um dort zu ermitteln", scherzte Hinrichs, als sie die Bremer Stadtgrenze passierten. „Könnte sein, aber so kooperativ, wie wir die Kollegen aus Niedersachsen gestern in der Sonderkommission erlebt haben, wird man wohl davon absehen", gab Völlers mit einem Augenzwinkern zurück.

Im Verdener Postamt wurden die Besucher aus Bremen schon erwartet. Der Leiter des Amtes, Postoberinspektor Wedemeier, empfing sie mit betonter Höflichkeit, hatte aber Mühe, seine innere Erregung über das, was am Vortage passiert war, zu verbergen. Dass das gerade ihn und „sein" Amt wenige Monate vor der eigenen Pensionierung treffen musste, hatte ihm schwer zugesetzt. Mit Schuldzuweisungen an die Post war in den Medienberichten nicht gespart worden. Hätte man nicht mit etwas größerer Umsicht doch erkennen können, dass mit dem Paket etwas nicht stimmte? , so der Presse-Tenor.

Im Laufe des Vormittags war Wedemeier von mehreren Kollegen aus Nachbarpostämtern wie auch von Postdienststellen aus anderen Regionen angerufen worden, die sich eingehend nach den genauen Umständen der gestrigen Vorkommnisse erkundigten. Einen hoch gefährlichen Sprengsatz, geschickt als Paket getarnt, als normale Postsache in den Verkehr zu bringen – könnte das Gleiche nicht auch ihnen passieren?

Wedemeier bat Postsekretär Janssen, der das Paket am 28. November entgegengenommen und sich heute eigens für die Zeugenbefragung bereitgehalten hatte, zu sich ins Zimmer.

Ein älterer, freundlich wirkender Postbediensteter in Uniform betrat kurz darauf den Raum. Sein entschlossenes Auftreten deutete darauf hin, dass es ihn drängte, der Polizei das mitzuteilen, was er zwei Tage zuvor im Dienst erlebt und beobachtet hatte.

„Danke, Herr Janssen, dass Sie gekommen sind und wir Ihnen einige Fragen stellen können. Sie gehören wahrscheinlich zu den wenigen Personen, von denen wir annehmen, dass sie dem Täter kurz vor den grausamen Mordanschlägen persönlich begegnet sind." Mit dieser aufmunternden Begrüßung unterstrich Völlers zugleich den Stellenwert, den authentische Zeugenaussagen für polizeiliche Ermittlungen haben.

„Ja, Herr Janssen, dann legen Sie doch einfach mal los! Schildern Sie uns doch bitte einmal kurz, was sich da vorgestern um die Mittagszeit an dem Postschalter, an dem Sie Dienst hatten, abspielte."

„Ja, das will ich gern tun. Aber bitte haben Sie Verständnis, wenn ich etwas ungeordnet berichte, ich bin nämlich mit meinen Gedanken noch völlig durcheinander. Über das, was in Bremen und Eystrup passiert ist, bin ich entsetzt, es hätte ja ebenso auch mich und meine Kollegen im Postamt treffen können." Janssen atmete schwer, aus jedem Wort, jedem Satz sprach seine starke persönliche Betroffenheit.

„Es war schon ein merkwürdiger Mensch, der mir da gegenüber stand und das sonderbare Paket aufgab. Irgendwie anders gekleidet, feines Äußeres, auffällig betontes Sprechen mit hoher Stimme, gekünsteltes, vornehmes Auftreten", begann Janssen telegrammstilartig seinen Bericht.

„Es würde uns helfen, Herr Janssen, wenn Sie uns zunächst noch etwas konkretere Angaben zur Person machen könnten: Geschätztes Alter, Größe, auffällige Merkmale – na, Sie wissen schon." Mit einem beinahe schon unterwürfig klingenden „Selbstverständlich, meine Herren", leitete Janssen seine weiteren Ausführungen ein, immer wieder durch kurze Pausen des eigenen Nachdenkens und des Nachfragens seitens der Kriminalbeamten unterbrochen.

Nachdem er zum Schluss gekommen war, wandte sich Völlers noch einmal an ihn. „Danke, Herr Janssen, dass Sie uns so umfassend berichtet haben. Das hilft uns garantiert weiter. Damit wir sicher sind, dass wir alle wichtigen Details erfasst haben, erlauben Sie mir,

Ihre Aussagen noch einmal stichpunktartig zusammenzufassen:

„Die fragliche Person ist ca. 30 Jahre alt, etwa 1,75 Meter groß, schlanke Gestalt, langes, dunkles Haar, schmales, eher mädchenhaftes Gesicht, auffällig hohe Stimme, federnder Gang, wie ein ‚Tangojüngling', sagen Sie, gewandtes, selbstsicheres Auftreten, gelbbrauner Mantel mit Schulterpolstern, brauner, flacher Hut, Lederhandschuhe."

Völlers und Hinrichs waren fürs Erste mit dem Ergebnis zufrieden. Was sie in Erfahrung gebracht hatten, war zwar noch zu grobmaschig für eine gezielte Personenfahndung, würde sich aber durch weitere Zeugenaussagen möglicherweise bald anreichern lassen.

Auf dem Verdener Polizeirevier wartete inzwischen eine junge Frau auf die beiden Beamten aus Bremen. Sie hatte im Radio von den Sprengstoffanschlägen gehört und sich sofort telefonisch bei der Polizei gemeldet. Am fraglichen Tag hatte sie am Postschalter direkt hinter dem Kunden gestanden, der das außergewöhnliche Paket aufgab. Die Zeugin berichtete, dass sie das Gespräch zwischen dem Schalterbeamten und dem Kunden mit angehört hatte. Obwohl diesem ausführlich erklärt worden war, dass ein Eilversand des Paketes überflüssig sei, da das Paket wegen der nahen Entfernung ohnehin am nächsten Tage in Bremen ankomme, hatte der junge Mann auf einer Eilsendung bestanden. Auch das Paket selbst sei ihr merkwürdig erschienen, sie habe ein solches vorher noch nie gesehen.

Zur Person des jungen Mannes, zu seinem Aussehen, seiner Kleidung konnte die Zeugin nur vage Angaben machen. Sie hatte sich zu sehr auf das mit angehörte Gespräch konzentriert und später auf dem Heimweg darüber nachgedacht, warum sich jemand weigerte, einen guten Rat anzunehmen, noch dazu, wenn man damit Geld sparen konnte.

Auf beharrliches Nachfragen konnte sich die Kundin schließlich doch daran erinnern, dass der Mann einen auffällig langen Mantel trug und eine Lederaktentasche bei sich führte, in der er das Paket transportiert hatte.

Nein, aus Verden stamme dieser junge Mann auf gar keinen Fall, er sei ihr sonst sicher schon einmal in der Stadt begegnet.

4

Inzwischen waren mehrere Hundert Hinweise aus der Bevölkerung bei den Polizeistationen in Bremen und Niedersachsen eingegangen, darunter einige, die aufgrund übereinstimmender Aussagen auf eine „heiße Spur" hinzudeuten schienen.

Zeugen an allen drei Tatorten hatten ein junges Paar beobachtet, das mit einem Auto der Marke Adler Trumpf Junior unterwegs war. Da außer einer recht konkreten Beschreibung der Personen auch das Kennzeichen des Fahrzeugs bekannt war, hoffte man auf einen schnellen Fahndungserfolg.

Clara B. und Siegfried G., beide Studenten einer süd-deutschen Universität, waren seit Tagen in Nord-deutschland unterwegs gewesen. Sie hatten größere Firmen aufgesucht, um ihnen verschiedene Bürobe-darfsartikel anzubieten. Der Gewinn sollte dem Stu-dentenwerk ihrer Universität zugutekommen, das damit soziale Projekte für schwächer gestellte Studie-rende förderte.

Am Vormittag des Vortages hatten sie auch die Marmeladenfabrik in Eystrup aufgesucht und dort von dem Mordanschlag auf eine Mitarbeiterin der Firma gehört. Beim Verlassen des Ortes wurden sie von Polizeibeamten angehalten und kontrolliert, konnten danach aber ihre Fahrt fortsetzen. Als einem der Polizeibeamten, nachdem er die Radiomeldung gehört hatte, einfiel, dass er auf dem Rücksitz des Autos verschiedene Pakete hatte liegen sehen und diese Information an die Sonderkommission weiter-gab, lief die Fahndungsmaschinerie an.

Die Verkaufsbemühungen der beiden Studenten waren in den letzten Tagen nicht sonderlich erfolg-reich gewesen. Offensichtlich ließen sich mit Farb-bändern, Kopierpapier, Stempelkissen keine gute Geschäfte mehr machen. Aber ihr Engagement diente einem guten Zweck. Deswegen würden sie solange wie möglich weitermachen.

An diesem Tag hatten sie ihr Glück bei Firmen im Umland Hannovers versucht. Ihr nächstes Etappenziel war Minden an der Porta Westfalica, wo sie gegen Mittag eintrafen. Siegfried G. kannte dort ein kleines

Restaurant am Hafen. Hier wollten sie ihre Verkaufs-
tour für eine kurze Mittagspause unterbrechen.

Nur wenige Gäste hielten sich in dem dunklen,
altmodisch eingerichteten Schankraum auf. Weder
der Wirt noch die übrigen Anwesenden nahmen von
den Ankommenden sonderlich Notiz. Die schlichten
Holztische waren für erwartete Mittagsgäste einge-
deckt. Im Hintergrund spielte leise Radiomusik.

Sie hatten gerade eben Platz genommen, als die
Musik für eine Durchsage der Polizei unterbrochen
wurde. Der Rundfunksprecher verlas folgenden Text:

*„Im Zusammenhang mit den Sprengstoffanschlägen
von Eystrup und Bremen sucht die Polizei dringend
zwei tatverdächtige Personen. Beide hielten sich vermutlich zur Tatzeit an den genannten Orten auf. Sie
sind mit einem PKW der Marke Adler Trumpf Junior
mit dem Kennzeichen FB 20-5531 unterwegs. Die
Gesuchten sind zwischen 20 und 25 Jahre alt. Nach
Zeugenaussagen handelt es sich dabei vermutlich um
deutsche Staatsbürger. Sachdienliche Hinweise nehmen alle Polizeistationen im Raum Norddeutschland
entgegen. Sofern es sich bei den genannten Personen
um die Täter der Mordanschläge handelt, ist für deren Ergreifung eine Belohnung in Höhe von 10.000
Mark ausgesetzt."*

Siegfried G. schnürte es die Luft ab. Seine Begleiterin sank, der Ohnmacht nahe, auf ihrem Stuhl in
sich zusammen. Was bedeutete diese Durchsage?
Wie war es zu dieser Suchmeldung gekommen? Wer

war auf den Gedanken gekommen, dass sie irgendetwas mit den Morden zu tun hatten?

„Um Himmels willen! Was machen wir jetzt?", brachte Siegfried schließlich hervor. Clara schwieg, sie schaute Siegfried mit offenem Mund an, sie schien völlig die Fassung verloren zu haben.

„Wir müssen die Sache sofort aufklären. Schon an der nächsten Straßenecke wird man uns in unserem Auto erkennen und die Polizei verständigen. – Kann man hier telefonieren?", rief Siegfried zum Wirt hinüber, der auf einem Barhocker hinter der Theke saß.

Sekunden später hatte er die örtliche Polizeidienststelle am Apparat, die der Wirt für ihn angewählt hatte. Mit aufgeregter, sich überschlagender Stimme schilderte Siegfried die Situation und beteuerte, dass es sich nur um eine Verwechslung handeln könne. Weder er noch seine Begleiterin hätten irgendetwas mit der Sache zu tun. Wenn nötig, seien sie bereit, auch persönlich auf dem Polizeirevier zu erscheinen und das Ganze zu Protokoll zu geben.

„Ich habe gehört, was Sie gesagt haben und einen entsprechenden Aktenvermerk gemacht", gab der Polizeibeamte reserviert zurück. – Ob er schon über die eingeleitete Fahndung informiert war?

Als Siegfried sich umdrehte, standen zwei unauffällig gekleidete Männer mittleren Alters hinter ihm. „Kriminalpolizei. Wir müssen Sie und Ihre Begleiterin wegen eines dringenden Tatverdachts verhaften. Ihr Auto und alle Gegenstände, die sich darin befinden, sind beschlagnahmt. Mit einem Dienstfahrzeug der hiesigen Polizeidienststelle werden Sie zu den Orten transportiert, an denen gestern die Sprengstoffanschläge verübt wurden. Dort wird eine Gegenüberstellung mit Zeugen erfolgen, die sich bei der Polizei gemeldet haben."

Alle Versuche der beiden Studenten, das Blatt noch zu ihren Gunsten zu wenden, erwiesen sich als aussichtslos. Ohne eigenes Dazutun waren sie in die Maschen einer polizeilichen Großfahndung geraten. Jetzt blieb ihnen nur zu hoffen, dass sich das Ganze schnell als Irrtum herausstellte.

Nachdem mehrere Zeugen in Eystrup sie als die Insassen des auffälligen PKW wiedererkannt hatten, führte sie ihre unfreiwillige Reise weiter nach Verden. Der Schalterbeamte, der dort das Sprengstoffpaket angenommen hatte, war sich absolut sicher, dass Siegfried G. nicht derjenige war, der das Paket aufgegeben hatte. Die Postkundin dagegen, die in der Reihe direkt hinter dem Gesuchten gestanden hatte, äußerte Zweifel, konnte aber auch nicht mit letzter Sicherheit sagen, ob die vorgeführte Person mit dem Täter identisch sei. Absolut eindeutig fiel dagegen die Aussage des Bremer Postbeamten aus. Für ihn stand zweifelsfrei fest, dass es sich bei dem Vorgeführten nicht um die gesuchte Person handelte.

Inzwischen gab es für die beiden Studenten einen Hoffnungsschimmer am düsteren Horizont. Sie erinnerten sich daran, wo sie sich während der Zeit überall aufgehalten hatten, in der die Pakete aufgegeben worden waren. Eine persönliche Bekannte, die ein

Blumengeschäft in der Bremer Innenstadt betrieb, konnte spontan von Beamten der Sonderkommission befragt werden und bestätigte glaubhaft die Angaben der beiden Verhafteten. Noch bevor ein förmlicher Haftbefehl erlassen wurde, entschied der Oberstaatsanwalt, die beiden wegen erwiesener Unschuld wieder auf freien Fuß zu setzen.

Immer noch gezeichnet von den Aufregungen und Strapazen des Vortages, kamen sie am späten Vormittag mit der Bahn in Minden an. Überglücklich nahmen sie ihr Auto in Empfang, das inzwischen in einer Polizeihalle abgestellt war. Der Blick auf die Rückbank verriet ihnen, dass jemand die dort abgelegten runden Pakete sorgfältig untersucht hatte. Aber gegen die Flaschen mit Entwicklerflüssigkeit, die Siegfried für sein Hobby als Fotograf benötigte, hatte man ja wohl nichts einwenden können.

Montag, 3. Dezember 1951

I

Jeder Tag, an dem die Suche nach den Attentätern ohne konkretes Ergebnis blieb, trieb die Spekulationen über mögliche Hintergründe und Tatmotive in die Höhe. Konnten die mit ungeheurem Aufwand und größter Präzision durchgeführten Anschläge das Werk eines kriminellen Einzeltäters sein? Oder sprachen nicht doch alle bekannten Tatsachen für ein politisch motiviertes Verbrechen?

Ohne handfeste Belege dafür zu haben, bezichtigten Parteien und Gruppierungen des linken und rechten Spektrums sich gegenseitig der geistigen Urheberschaft. War das politische Fundament, auf dem die neue Republik stand, doch nicht so stabil, wie die Parteien es vorgaben? Auch nach dem Ersten Weltkrieg hatten revanchistische Kräfte versucht, die neue Ordnung auszuhebeln. Die kommunistische Presse brachte die „Organisation Consul" ins Spiel. Anfang der Zwanzigerjahre hatte sie versucht, mit Gewaltexzessen, Attentaten auf politische Gegner und spektakulären Mordanschlägen das neue demokratische System zu Fall zu bringen. In diesem Punkt könnte sich jetzt Geschichte wiederholen.

Auch sechs Jahre nach dem Ende der Hitlerdiktatur gab es in allen gesellschaftlichen Schichten reaktionäre Kräfte, die dem neuen Staatsgebilde und seinen Repräsentanten ablehnend gegenüber standen. Ihr politisches Sammelbecken war die 1949 gegründete

53

Sozialistische Reichspartei, eine sich offen zum Nationalsozialismus bekennende Partei, die ihre stärkste Anhängerschaft in Norddeutschland hatte. Sowohl in Bremen wie auch in Niedersachsen war ihr auf Anhieb der Einzug in die Bürgerschaft beziehungsweise in den Landtag gelungen. Im Raum Verden, dem Ort des fehlgeschlagenen Sprengstoffanschlags, hatte sie annähernd 30 Prozent der Stimmen auf sich vereinigen können. Nur sechs Jahre nach dem Ende der NS-Diktatur war damit in vielen Dorfgemeinden eine nationalsozialistisch ausgerichtete Partei zur stärksten politischen Kraft geworden. Auch im Windschatten großer Städte hatten sich politische Größen von einst inzwischen wieder aus ihren Löchern hervorgewagt und es zu Ansehen und Einfluss gebracht.

Waren in diesen Kreisen die Täter oder zumindest die Hintermänner der Mordanschläge zu suchen? Waren die Anschläge gar ein Racheakt für das von der Bonner Regierung angestrengte Verfahren zum Verbot der rechtsradikalen Partei?

In Bremen sah man die Sache anders. Die einzig Schuldigen konnten nur am linken politischen Rand vermutet werden. In der Bremer Bürgerschaft kam es zu heftigen Auseinandersetzungen mit tumultartigen Szenen, als der Vorsitzende der CDU-Fraktion die Linksparteien in der Bundesrepublik als die wahren Urheber der Anschläge bezeichnete. Von erregten Abgeordneten wurde er mit den Worten „Kriegsverbrecher" und „Provokateur" attackiert. Der kommunistische Abgeordnete Meyer-Helms zog Parallelen zum Reichstagsbrand im Jahr 1933, der den Nationalsozialisten als Vorwand diente, Oppositionsparteien zu verbieten.

Die Gegenreaktion erfolgte prompt: Am nächsten Tag fand seine Frau im Briefkasten ein Schreiben mit der Morddrohung „Ihr Mann wird nicht mehr lange leben."

Selbst das halbamtliche Organ der „Deutschen Demokratischen Republik", „Neues Deutschland", schaltete sich in diese Auseinandersetzung ein. Heftige Kritik wurde gegen den inzwischen zum alleinigen Leiter der Sonderkommission bestellten Kriminalrat Dr. Zirpins geäußert. Er war es, der im Jahr 1933 in Berlin als Angehöriger der Politischen Polizei die Ermittlungen gegen den vermeintlichen Brandstifter des Reichstagsbrandes geführt hatte, durch die von den wahren Tätern abgelenkt werden sollte. – „Jetzt wiederholt sich der Reichstagsbrand", polemisierte „Neues Deutschland".

Die „DDR"- Presse schreckte auch nicht davor zurück, die Person des getöteten Chefredakteurs der „Bremer Nachrichten" zu vereinnahmen. „Wem war Dr. Fuchs im Wege?", fragte das ostdeutsche Zentralblatt. Der Blick in die jüngsten Kommentare und Nachrichten der „Bremer Nachrichten" offenbare die lautere politische Haltung ihres Chefredakteurs. Immer wieder habe er sich gegen die Überfremdung durch die USA und deren Kriegstreiberei unüberhörbar zu Wort gemeldet. Für die von den politischen Gegnern heraufbeschworene „Sowjetische Aggression" habe er nicht den geringsten Anlass gesehen. „Unserer Meinung nach sprechen mehr Gründe gegen einen sowjetischen Präventionskrieg als dafür", wurde Dr. Fuchs im „Neuen Deutschland" zitiert. „Aus all diesen Worten geht hervor, dass der Journalist Dr. Fuchs als aufrechter Christ ein Verfechter des Gedankens der deutschen Einheit war, ein Mensch, der den Mut hatte, sich gegen die maßlose Hetze und Zerstörungswut der angloamerikanischen Kriegstreiber und ihrer deutschen Handlanger zu wenden", kommentierte die Ostpresse.

Die Mordanschläge hatten damit die Bühne der großen Politik erreicht.

Auch in der neuen Bundeshauptstadt Bonn kochte das Thema hoch. Vertreter der regierenden Parteien CDU und DP nahmen die Brutalität der Bombenattentate zum Anlass, die Wiedereinführung der Todesstrafe zu fordern. Die wenige Jahre zuvor im Parlamentarischen Rat diskutierte Frage „Wie weit darf der Rechtstaat bei der Strafzumessung gehen?" flammte wieder auf. Hatte man mit der im Grundgesetz verankerten Feststellung „Die Todesstrafe ist abgeschafft" eine Jahrhunderte überdauernde Strafpraxis beendet, so zeigte sich jetzt, dass diese politische Überzeugung in den Köpfen vieler noch nicht angekommen war. Der Fraktionsvorsitzende der CDU, Heinrich von Brentano, verkündete vor der Presse: „Da scheint der politische Terror schon wieder loszugehen". Er kündigte an, dass seine Fraktion ernsthafte Überlegungen anstellen werde, für bestimmte

Kapitalverbrechen oder politischen Mord die Todesstrafe wieder einzuführen.

Anders dagegen die Meinung hochrangiger Kabinettsmitglieder der Regierung Adenauer: „Wir werden mit den Bombenattentätern auch ohne Todesstrafe fertig", sagte Bundesjustizminister Dehler vor der Presse. „Ich bleibe jedenfalls weiter prinzipieller Gegner der Todesstrafe, wie ich es bereits im Parlamentarischen Rat zum Ausdruck gebracht habe. Es ist nicht angebracht, wegen plötzlich auftretender Verbrechen besonderer Art, wie jetzt im Falle der Bombenattentäter, das Grundgesetz zu ändern, was bei einer Wiedereinführung der Todesstrafe notwendig wäre ", zitierte „Die Welt" vom Vortage den Minister. Er wisse allerdings, dass er mit dieser Meinung im Gegensatz zu der Auffassung zahlreicher Bundestagsabgeordneter stehe.

Auch die Mehrheit der Bundesbürger forderte eine Rückkehr zur Todesstrafe. Bei einer Spiegel-Umfrage sprachen sich 75 % der Männer und 63 % der Frauen dafür aus.

Die in dieser Angelegenheit zu erwartenden Debatten im Deutschen Bundestag versprachen äußerst konflikthaft und emotionsgeladen zu verlaufen.

Die mysteriösen Bombenattentate waren auch für die Medien tagelang das Thema Nummer eins. Reporter deutscher und ausländischer Zeitungen und Magazine gaben sich bei der Bremer Polizei die Türklinke in die Hand. Schließlich berichtete auch die „Neue Deutsche Wochenschau" in Kurzfilmen mehrfach über die Ereignisse. In den Kinos wurden vor dem jeweiligen Hauptfilm Bilder von den Zerstörungen gezeigt und zur Mithilfe bei der Aufklärung aufgerufen.

2

Niemand war vor ihm auf die Idee gekommen, eine Bombe mit der Post zu verschicken. Und niemandem war es bisher gelungen, eine solche Höllenmaschine zu bauen, die auch funktionierte, wenn es darauf ankam.

Er war der stolze Erfinder!

Der Gedanke, etwas zustande gebracht zu haben, wozu kein anderer in der Lage war, überhaupt als einziger eine derart geniale Idee gehabt zu haben, verlieh ihm das Gefühl von Größe und geistiger Überlegenheit. Was ihm da nach langer Vorarbeit endlich gelungen war, erfüllte ihn nicht nur maßlos mit Stolz. Nur zu gern hätte er *seine* Geschichte auch sofort all seinen Freunden und Bekannten erzählt. Aber das konnte er natürlich nicht tun – jetzt nicht, aber vielleicht später, sehr viel später.

Endlich war ihm der Befreiungsschlag gelungen, der der Gruppe der Reichen und Mächtigen im Lande galt, die er so sehr verabscheute und zu der er sich - zugegebenermaßen - andererseits doch hingezogen fühlte. Immer wieder hatte er versucht, Anschluss an die besseren Kreise zu bekommen. Zu oft hatten sie ihn gedemütigt, seine Angebote zurückgewiesen.

Was bildeten sich diese Presseheinis eigentlich ein? Was sie konnten, konnte er schon lange. Aber weder die „Bremer Nachrichten" noch die Nienburger Tageszeitung „Die Harke" waren bereit, von ihm verfasste Texte anzunehmen und zu drucken. Auch „Der Spiegel" war sich zu fein dafür. Den eingereichten Artikel über die „Bremer Torfköppe" − er hielt ihn für sein journalistisches Meisterstück − hatten sie ihm unkommentiert zurückgeschickt. Die Quittung dafür würden sie schon noch bekommen.

Seine geistigen Fähigkeiten waren offensichtlich bislang völlig verkannt worden. Jetzt war er sich jedoch sicher, dank seines wohlklingenden neuen Namens mehr und mehr als bedeutende Persönlichkeit wahrgenommen und respektiert zu werden. Eric von Andracz − mit Erreichen der Volljährigkeit hatte er den Nachnamen seiner aus einem ungarischen Adelsgeschlecht stammenden Mutter angenommen. Dass er nicht bei seinen Eltern aufwuchs, die sich bald nach seiner Geburt scheiden ließen, sondern bei einer befreundeten Familie in der Nähe Nienburgs, hatte er trotz deren liebevoller Zuwendung immer als Makel empfunden. Hinzu kam die vorzeitige Beendigung seiner Ausbildung, für die er seinen bisherigen Arbeitsgeber verantwortlich machte. Eine nachlässige Arbeitshaltung und einen sprunghaften Charakter hatte dieser ihm bescheinigt. So konnte jemand, der am längeren Hebel saß, es hindrehen, wenn ihm die Nase eines Mitarbeiters nicht passte. So etwas musste er sich nicht bieten lassen!

Auch in seinem bisherigen Leben war er nicht davor zurückgeschreckt, eigene Wege zu gehen. Schon früh war der Gedanke in ihm aufgekeimt, aus seiner engen, begrenzten Welt auszubrechen und seinem Elternhaus den Rücken zu kehren. Er wusste aber auch, dass sich dieser Wunsch nur mit entsprechendem „Startkapital" verwirklichen ließ. Also hatte er eine passende Gelegenheit genutzt, das Familiensparbuch sowie das in der Wohnung aufbewahrte Bargeld seiner Eltern an sich zu nehmen und mit unbekanntem Ziel zu verschwinden. – Er war sich nicht sicher, ob man ihm dieses eines Tages verzeihen würde.

Natürlich musste er durch gelegentliche kleine Manipulationen der Umsetzung seiner Pläne hier und dort ein wenig nachhelfen. So gab er sich bei der amerikanischen Militärbehörde in Hannover als Schweizer ungarischer Abstammung aus und änderte seinen Namen in Claude de Andracz. Damit gelang es ihm, die Einreiseerlaubnis in die Schweiz zu bekommen, wo er sich ein neues, besseres Leben erhoffte.

Sein Einstieg als Hotelboy im Züricher Bellevue war, aus der Rückschau betrachtet, jedoch etwas übereilt erfolgt. Offensichtlich hatte man von ihm dort doch etwas mehr erwartet, als nur nett mit den Gästen zu plaudern.

Jedenfalls fand für ihn die Episode auf der unteren Karrierestufe der Nobelherberge, in der sich die Reichen und die Schönen die Türklinke in die Hand gaben, schon nach wenigen Tagen ein jähes Ende.

Nein, solcher Leute Diener zu sein, das hatte er, weiß Gott, nicht nötig.

Im Hotel Simplon hatte er anschließend selbst ausprobiert, wie es sich anfühlte, im Luxus zu leben. Sein Geld reichte jedoch hierfür nicht im Entferntesten. Und auf das Angebot, seine Schulden mit einer goldenen Uhr zu begleichen, wollte sich die Hotelleitung nicht einlassen. Schade, es hätte ihn nichts gekostet, die Uhr stammte aus einem unverschlossenen Nachbarzimmer.

Statt der bestellten Taxe erwartete ihn vor dem Hotel die Polizei. Es war ein Fehler, das Eisenrohr, das er bei sich führte, nicht im Hotel zurückgelassen zu haben. Es blieb ihm keine andere Wahl, als nach endlos langem Verhör zu gestehen, dass er damit ein Juweliergeschäft überfallen wollte. – Den anschließenden Aufenthalt in einem Schweizer Kantonsgefängnis hatte er sich etwas menschenfreundlicher vorgestellt.

Er empfand es als glücklichen Umstand, dass er nach einigen Wochen Untersuchungshaft über die deutsche Grenze abgeschoben und der amerikanischen Militärbehörde übergeben wurde. In der Heimat würde es ihm wieder besser gehen. Er wusste, wie man dort zu Geld kommen konnte. Er kannte die Spielregeln des Schwarzmarktes und war nach wenigen Tagen schon voll im Geschäft. Unvermeidbar war allerdings, dass er wegen der Schwarzmarktrazzien der Polizei gefälschte Ausweispapiere bei sich trug. Dass man bei einer Leibesvisitation auch die zuvor entwendeten Wertsachen seiner Vermieterin fand, war seiner Unerfahrenheit zuzuschreiben. Natürlich hätte er sich ihrer zuvor, zumindest vorübergehend, entledigen müssen!

Und dann war da noch die Sache mit dem Bücherfritzen, der ihn angestellt hatte, um Ordnung in seine überquellende Bibliothek zu bringen. Das Durchblättern und gelegentliche Anlesen der Bücher hatte ihm durchaus Spaß gemacht. Aber mehr noch war er am Wert der Bücher interessiert. Wozu musste ein einzelner so viele Bücher bei sich horten, so viel totes Kapital in Schränken und Regalen herumstehen haben?

Schon bald darauf schrieb er Wissenschaftler und Buchhändler an und bot ihnen eine Auswahl wertvoller Titel zum Kauf an. Auf dem eigens hierfür eingerichteten Konto gingen auch bereits bald danach die ersten Zahlungen ein. Beim Versuch, Geld von diesem Konto abzuheben, flog die ganze Sache allerdings auf. Einer Verhaftung konnte er sich nur durch eine Flucht in den Osten Deutschlands entziehen, wo er zeitweise mit seinen Pflegeeltern gelebt hatte. Auch hier blieb ihm nicht erspart, noch einige Male Bekanntschaft mit der Polizei zu machen.

Nach mehrjähriger Odyssee war er schließlich an deren Ausgangspunkt, die kleine Baracke am Rande Nienburgs, in der er bis dahin mit seinen Pflegeeltern gelebt hatte, zurückgekehrt.

Es war ihm nicht leicht gefallen, „Vater" und „Mutter" – so nannte er sie seit seiner frühen Kindheit – nach derart langer Zeit wieder unter die Augen zu treten. Oft hatte er in den zurückliegenden Jahren –

besonders, wenn es ihm schlecht ging – an sie denken müssen. Wie würde es ihnen und seiner Schwester gehen? Wie waren sie mit seinem plötzlichen Untertauchen klar gekommen – persönlich und vor Nachbarn und Freunden? Würden sie ihm jemals verzeihen, dass er sie bestohlen hatte?

Das Wiedersehen mit der Mutter war ihm leichter gefallen, als er es sich vorgestellt hatte. Wortlos und mit Tränen in den Augen hatte sie ihn, noch in der geöffneten Haustür stehend, umarmt und ihn dann, nach einem tiefen Stoßseufzer, in die Küche geführt. Sofort hatte sie damit begonnen, Essbares für ihn bereit zu stellen. Ein bisschen wie früher, war sein spontaner Gedanke. Mit einem freundlichen „Jetzt erzähl erst mal!", hatte sie ihm anschließend signalisiert, dass sie gern erfahren wollte, wie es ihm ergangen war.

Völlig anders dagegen die Reaktion des Vaters. Er verhielt sich in auffälliger Weise reserviert, sprach kaum und ging ihm, wo möglich, aus dem Wege. Es dauerte Monate, bis sich ihr Verhältnis wieder halbwegs normalisiert hatte. Erst nachdem der Vater ihn davon überzeugt hatte, einer regelmäßigen Beschäftigung nachzugehen und ihm eine Stelle als Arbeiter in einer Kiesbaggerei beschafft hatte, entkrampfte sich die Situation.

Aber auch an diesem neuen Arbeitsplatz gab es bald Konflikte. Nachdem er nämlich beschlossen hatte, auf den Namen der Firma eigenständig Geschäfte abzuschließen, war er fristlos entlassen worden. Ein kreativer Mitarbeiter, wie er sich verstand, passte eben nicht in das Schema eines solchen Provinzladens.

Noch einmal hatte er versucht, nach seinen journalistischen Fehlschlägen mit einer anderen, diesmal wesentlich spektakuläreren Aktion in der Presse Fuß zu fassen. Gemeinsam mit einem anderen jungen Mann plante er, ein Drahtseil über die Fahrbahn der durch Nienburg führenden Bundesstraße zu spannen. Aussteigende Autofahrer sollten dann mit einer Pistolenattrappe bedroht und dabei fotografiert werden. Die Fotos sollten anschließend großen Illustrierten, die im Laufe der letzten Jahre auf dem Markt erschienen waren, zum Kauf angeboten werden. Bei seinem Komplizen aufkommende Zweifel, ob die Sache am Ende nicht doch zu gefährlich werden könnte, hatten den Plan schließlich scheitern lassen.

Im Vergleich dazu war die jüngste Sprengstoffaktion bis ins Letzte durchgeplant. Nicht auf die geringsten Spuren sollte die Polizei bei ihrer Ermittlungstätigkeit stoßen können. Natürlich gab es keine Fingerabdrücke oder sonstigen Hinweise, die auf den mutmaßlichen Täter schließen ließen. Anstelle handschriftlicher Vermerke hatte er Absender, Adresse sowie den Zusatz „Nur vom Empfänger persönlich zu öffnen" mit der Maschine getippt.

Er beschloss, den Gang der Dinge in den folgenden Tagen in Ruhe abzuwarten, bevor der nächste Teil seines Planes anlaufen konnte.

3

Der Schalterbeamte in Verden, Postsekretär Janssen, bekam ein zweites Mal Besuch aus Bremen. Wiederum waren es zwei Herren, die angereist waren, diesmal jedoch nicht Beamte der Sonderkommission, sondern Mitarbeiter der „Bremer Nachrichten".

„Herr Janssen, es geht, wie Sie sich denken können, noch einmal um die Ermordung unseres Chefredakteurs Dr. Fuchs in der letzten Woche. Wir sind nach wie vor tief erschüttert über das, was da geschehen ist", begann der ältere der beiden Zeitungsleute. „Wir wissen, dass Sie einer der wenigen sind, die die verdächtige Person gesehen und mit ihr gesprochen haben. Und Sie sind derjenige, wie uns von der Polizei berichtet wurde, der die gesuchte Person am genauesten beschreiben konnte. Auf Ihnen ruhen jetzt unsere ganzen Hoffnungen."

„Ja, aber was kann ich denn für Sie tun?", fragte Janssen zögerlich zurück.

„Wir möchten die Polizei durch eigene Nachforschungen bei ihrer Ermittlungstätigkeit unterstützen und haben zu diesem Zweck in unserem Haus ein Sonderteam gebildet. Es geht uns darum, die verwerfliche Tat so schnell wie möglich aufzuklären. Unsere eigene „Quasi-Soko" sammelt daher alle Informationen, wertet sie aus und wird sie später der Polizei zur Verfügung stellen. Bei diesem Vorhaben möchten wir einen neuen Weg beschreiten, für den es in der deutschen Kriminalgeschichte bisher kein Beispiel gibt. Ich habe diese Methode während meiner Zeit als Auslandsreporter in den Vereinigten Staaten kennen gelernt. Sie wird dort bei der Kriminalitätsbekämpfung mit großem Erfolg angewandt. Bei bestimmten Verbrechen ist die Aufklärungsquote seitdem deutlich gestiegen. Mein Kollege", er zeigte dabei auf seinen jüngeren Begleiter, „wird Ihnen genauer erklären, worum es geht."

„Wie Sie sich denken können, verfügt die Polizei bei der Verbrechensbekämpfung im Allgemeinen über keinerlei Bildmaterial von dem oder den Tätern", begann der jüngere Zeitungsmann, der als Illustrator bei den „Bremer Nachrichten" arbeitete. „In den USA behilft man sich in solchen Fällen mit einer Zeichnung, genauer gesagt: einem Phantombild, das nach Angaben von Zeugen angefertigt wird."

Gespannt hörte Janssen zu, als der jüngere Zeitungsmann ihm schilderte, wie dieses Hilfsmittel in der Verbrechensbekämpfung eingesetzt wird. „Doch um ein solches Phantombild erstellen zu können, braucht der Zeichner eine möglichst genaue, detailgetreue Beschreibung des Täters, und zwar im Wesentlichen seines Gesichtes. Die Angaben des Zeugen werden dabei Schritt für Schritt zeichnerisch umgesetzt und zu einem vorläufigen Portraitbild zusammengefügt. – Wissen Sie was? Ich schlage vor, wir probieren es einfach einmal aus. Sie versuchen, sich so genau wie möglich an den Mann zu erinnern, der da vor Ihnen stand, und ich fertige danach eine Entwurfsskizze an."

„Ja, ich glaube, so hat er ausgesehen", stellte Janssen fest, als er das fertige Ergebnis nach gut einer Stunde begutachten konnte. Immer wieder hatte der Zeichner, während das Bild vor beider Augen entstand, noch einmal nachgefragt, Bilddetails wieder gelöscht oder korrigiert.

Am Ende war man sichtlich zufrieden mit dem, was dabei herausgekommen war. Jetzt sollte das fertige Produkt von weiteren Zeugen, die sich inzwischen bei der Zeitung gemeldet hatten, begutachtet werden. In mühevoller Kleinarbeit wurden Zeuge für Zeuge angehört und Einzelheiten des Bildes immer wieder verändert.

Einer dieser Zeugen zeigte sich mit dem, was ihm da zur Begutachtung vorgelegt wurde – trotz wiederholter Nachbesserungen – recht unzufrieden. „Wissen Sie was?", knurrte er schließlich, „Fragen Sie doch einfach den Bauern Angermann im Nachbarort. Der sieht nämlich genauso aus. Vielleicht ist er ja bereit, sich für diesen Zweck von Ihnen zeichnen zu lassen."

Das bedeutete: Das Ganze noch einmal von vorn, aber man durfte ja nichts unversucht lassen!

Der Bauer, einmal in seiner kleinen Kate am Dorfrand aufgespürt, erwies sich als umgänglicher Zeitgenosse. Es bedurfte keines langen Zuredens, um ihn für das Vorhaben zu gewinnen. Das, was da in diesem Falle versucht werden sollte, überzeugte ihn. Mit einem knappen „Dann fangen Sie doch einfach mal an", gab er das Startzeichen. Die ungewohnte Prozedur, Modell sitzen zu müssen, ließ er ohne Murren über sich ergehen.

„Gut getroffen!", war am Ende sein sparsamer Kommentar. „Sicher schicken Sie mir später auch einmal ein Exemplar dieser Zeichnung zu." „Na, das ist doch wohl selbstverständlich!", gab der Zeichner und Illustrator, schon im Weggehen begriffen, zurück.

Von dem, was der Zeichner am Ende zu Papier gebracht hatte, waren die Mitglieder des Redaktionsteams der „Bremer Nachrichten" allesamt beeindruckt. Was lag da näher, als das fertige Produkt der Sonderkommission anzubieten und die weitere Fahndung auf diese Weise zu unterstützen?

Groß war die Enttäuschung bei den Zeitungsleuten, als ihr Angebot von der Soko S abgelehnt wurde. Es sei zu spekulativ und mit den Grundsätzen seriöser Polizeiarbeit nicht zu vereinbaren, lautete die knappe Begründung. Und im Übrigen stamme es ja nicht aus der „Werkstatt" der Polizei.

Noch entschiedener hatte die Polizei ein anderes Angebot zurückgewiesen. Es stammte von dem Amsterdamer Telepathen Burlisto, der vor einigen Wochen den baldigen Tod des Chefredakteurs vorhergesagt hatte. Er tauchte erneut in Bremen auf, wo er einige Monate zuvor auf verschiedenen Bühnen als Hellseher und Gedankenleser aufgetreten war. Jetzt bot er der Polizei seine schnelle Hilfe bei der Aufklärung der Morde an. Dank seiner außersinnlichen Kräfte könne er schon in Kürze entscheidende Hinweise zur Ergreifung der Täter geben.

Niemand nahm dieses Angebot ernst. Kurze Zeit überlegte man stattdessen, ob der Unterhaltungskünstler nicht selbst als Täter infrage komme. Aber er hatte in den Gesprächen einen so wirklichkeitsfremden, beinahe verwirrten Eindruck gemacht, dass niemand ihm diese mit äußerster Präzision durchgeführten Taten zutraute. Aber selbst wenn ein Fünkchen Wahrheit an dem war, was er sagte: Sich in die Hände eines Scharlatans zu begeben, war mit dem Selbstverständnis und dem Berufsethos der Polizei nicht zu vereinbaren. „Ich gestehe freimütig, ich habe keine besondere Antenne für Telepathie", kommentierte der Leiter der Sonderkommission.

Mittwoch, 5. Dezember 1951

Im Polizeihaus Am Wall begann sich Resignation aus-
zubreiten. Obwohl die Anschläge schon fast eine Woche zurücklagen, war man in der Aufklärung nicht
wirklich vorangekommen. Auch weiterhin gingen
Anrufe, oft auch des Nachts, aus allen Teilen der
Bundesrepublik ein. Die fünf Telefonleitungen, die
man inzwischen geschaltet hatte, waren rund um die
Uhr besetzt. Immer wieder meldeten sich neue Anrufer, die Beobachtungen mitteilten oder auch nur
Vermutungen über mögliche Täter äußerten. Wie sich
sehr schnell herausstellte, waren darunter auch viele
Trittbrettfahrer oder Wichtigtuer, deren Hauptmotiv
es war, die Polizei in die Irre zu führen und gleichzeitig die Stimmung weiter anzuheizen.

Die Sonderkommission war zwischenzeitlich noch
einmal verstärkt worden und auf 60 Beamte ange-
wachsen. Im Bremer Polizeihaus übernachteten Mitglieder der zentralen Kommission auf Feldbetten, um
jederzeit auf neue Entwicklungen reagieren zu können.

Zunehmend ungehaltener reagierte der Leiter der
Sonderkommission auf Anrufe von Rundfunkstationen oder Zeitungsredaktionen: „Wir sind personell
nicht in der Lage, jedermann und jederzeit Auskunft
über den letzten Stand der Ermittlungen zu geben.
Außerdem verbietet es sich, Einzelheiten über lau-
fende Fahndungsaktionen bekannt zu geben und uns
damit an Indiskretionen zu beteiligen, die die Aufklärung erschweren. Die täglich einmal stattfindende

Pressekonferenz muss ausreichen, um das allgemeine Informationsbedürfnis zu befriedigen. Ebenso wenig kann toleriert werden, dass von Zeitungschreibern und Radiomachern wild herumspekuliert wird, auf wessen Konto die Mordanschläge gehen könnten. Manches, was ich in den letzten Tagen gelesen und gehört habe, ist reine Sensationsmache und trägt in keiner Weise zur Klärung bei. Auch dass andere Behörden und Polizeidienststellen mit in die Sache hineingezogen werden, kann von der Sonderkommission nicht länger hingenommen werden."

Die Unmutsäußerung der Sonderkommission drang auch bis in die Bundeshauptstadt Bonn durch. Noch am selben Tag untersagte das Bundesinnenministerium allen Behörden und Dienststellen, eigenmächtig Auskünfte in dieser Angelegenheit zu erteilen. Ansprechpartner für Auskünfte und Nachfragen sei allein die Sonderkommission.

Alle ankommenden Hinweise wurden von der Soko S sorgfältig erfasst, in Listen vermerkt und auf Übersichtskarten lokalisiert, um Daten für eventuell zu erstellende Bewegungsprofile zu sichern. So schnell und so gut wie eben möglich überprüfte man alle Angaben auf ihren Wahrheitsgehalt. Die meisten fielen aber schon bei der vorläufigen Sichtung durch, denn viele der Anrufer meldeten sich nur deswegen, weil sie sich selbst bedroht fühlten. Angstphantasien, bisweilen auch die Furcht vor Personen aus ihrem Umfeld, hatten sie veranlasst, sich an die Polizei zu wenden.

Sichtlich erregt betrat der Sprengstoffsachverstän-
dige Dr. Lewerenz aus Hamburg den zentralen Ar-
beitsraum der Sonderkommission. Gemeinsam mit
seinem Sprengmeister hatte er in der Soko S die Aufgabe übernommen, die nicht detonierte Paketbombe
aus Verden auf ihre technische Beschaffenheit hin zu
untersuchen. Im Vordergrund stand dabei die Frage,
ob professionelle Täter am Werk gewesen waren.

„Wir kommen zu nichts! Seit zwei Tagen haben wir
nichts anderes zu tun, als Pakete, die täglich und
stündlich hier eingehen, zu öffnen und zu begutachten. Die Nachrichten haben in der Bevölkerung eine
wahre Angstpsychose ausgelöst. Überall im Lande
glauben ängstliche Menschen, selbst eine Briefbombe
erhalten zu haben, und schicken ihre Pakete nun an
uns. Zu allem Überfluss gibt es auch gewissenlose
Menschen, die sich aus dem Ganzen noch einen Spaß
machen und „Scherzpakete" verschicken. Ihr werdet
es nicht glauben: Es kamen sogar Weihnachtspakete
an, die wir untersuchen sollten", stöhnte der Spreng-
stofffachmann.

Kriminalkommissar Völlers schloss sich der Kritik
an. „Ja, auch wir werden durch eine Lawine von
nichts sagenden oder unseriösen Hinweisen ständig
in unserer Arbeit behindert, noch dazu, wenn diese
anonym eingehen, so dass Rückfragen nicht möglich
sind. Alle Welt scheint besser als wir selbst zu wissen,
was wir tun sollen. Manche Anrufer und Briefeschrei-
ber kritisieren aufs Heftigste, dass wir nicht gründlich
genug im politischen Umfeld nach den Tätern suchen
und sparen nicht mit guten Ratschlägen."

Für 14:00 Uhr war an diesem Tage die Trauerfeier für Dr. Fuchs in der St.-Remberti-Kirche anberaumt, einem Kirchenneubau am Rande der Stadt. Da man wegen der großen Anteilnahme der Bevölkerung mit vielen Trauergästen rechnete, hatte man den Toten nicht in einer Friedhofskapelle, sondern in einer großen evangelischen Stadtkirche aufgebahrt. Für die Bremer Polizei stellte dieses Ereignis eine außergewöhnliche Herausforderung dar. Zum einen musste sichergestellt werden, dass die Trauerfeier durch keinerlei Zwischenfälle gestört wurde. Daneben musste die Sicherheit für die erwarteten Gäste, darunter hochrangige Politiker aus Bonn, Hannover und aus Bremen, garantiert werden.

Auch die Soko S hatte sich mit mehreren Beamten unter die Teilnehmer der Trauerfeier gemischt. Durch unauffälliges Beobachten der Anwesenden wollte man herausfinden, ob sich verdächtige Personen unter ihnen befanden, vor allem natürlich solche, die als Täter infrage kamen. Da es nicht unüblich ist, dass Menschen, die Schuld auf sich geladen haben, sich bei solchen Anlässen öffentlich zeigen, knüpften die observierenden Kriminalisten gerade an diese Beobachtungsstrategie gewisse Erwartungen. Zur Unterstützung der Beamten hatte man auch Zeugen, die den mutmaßlichen Täter beim Aufgeben der Pakete beobachtet hatten, um Mithilfe bei der Beobachtung der Trauergäste gebeten.

Aber die Hoffnung erfüllte sich nicht. Nachdem der Bürgermeister der Stadt, Wilhelm Kaisen, seine ergreifende Laudatio auf den Verstorbenen am Schluss

der Trauerfeier beendet hatte, ging die Trauerge-
meinde schweigend auseinander. Niemand war darunter, der den Beamten in irgendeiner Weise aufgefallen war und über den weitere Nachforschungen
anzustellen sich gelohnt hätte.

Damit hatte sich die letzte Hoffnung zerschlagen,
die Mordanschläge doch noch schnell und unmittelbar vor Ort aufklären zu können.

Um 17:00 Uhr wurde die bundesweite Großfahndung
nach dem Täter ausgelöst. Bundesgrenzschutz und
Zoll wurden informiert, die Grenzen zum europäischen Ausland geschlossen. Da sich die Vermutung,
dass es sich um einen Einzeltäter handelte, inzwischen stark verdichtet hatte, konzentrierte sich die
Fahndung nun auf die Ergreifung dieser Person. Jetzt
galt es, alle relevanten Informationen so breit wie
möglich zu streuen. Die Sonderkommission akzeptier-
te jetzt auch das von den „Bremer Nachrichten" er-
stellte Phantombild. Gemeinsam mit einer stichwort-
artigen Täterbeschreibung wurde dieses allen großen
Zeitungen und norddeutschen Regionalblättern zuge-
stellt. Zudem wurden auffällig gestaltete, große
„Steckbriefe" zur Verteilung in der gesamten Bundesrepublik vorbereitet.

Mit folgendem Text riefen die „Bremer Nachrichten" am darauf folgenden Morgen die Bevölkerung
zur Mithilfe auf:

Steckbrief des Attentäters

„Etwa 27 - 35 Jahre alt, 1,72 - 1,78 m groß. Schlank. Langes, dunkles Haar mit leichtem Ansatz zu Koteletten. Blasses, schmales, mädchenhaft hübsches Gesicht. Geradlinige Nase. Leichte, wiegende Gangart („Tango-Jüngling"). Helle Stimme, dialektfreies Hochdeutsch. Die Gesamterscheinung zeigte ein gepflegtes Äußeres. Das Auftreten war höflich und gewandt.
Bekleidung: Dunkelbrauner Filzhut, (moderne Flachrandform mit breiter Krempe), den er stirnfrei trug. Heller, kamelhaarfarbener Wintermantel (Ulsterform, zweireihig mit Rundgurt und aufgesetzten Taschen und betont wattierten Schultern), braune Lederhandschuhe. Die Hose war dunkel, wahrscheinlich dunkelbraun. Braune Wildlederschuhe mit Ledersohle."

Donnerstag, 6. Dezember 1951

Eine volle Woche war seit den Anschlägen von Eystrup und Bremen vergangen. Die anfängliche Entrüs-
tung in allen Teilen der Bundesrepublik begann sich
allmählich zu legen, das Interesse am Fortgang der
Ermittlungen flaute ab. Schlagartig änderte sich dieses, als die Menschen die aktuelle Ausgabe ihrer Tageszeitung in Händen hielten. Da stand es nun
schwarz auf weiß. Und man bekam eine Vorstellung
davon, wie der mutmaßliche Täter aussehen konnte.

Noch häufiger als zuvor klingelten an diesem Morgen
die Telefone der Sonderkommission.

Ja, eine Person, wie die beschriebene, habe er in den
letzten Tagen im Straßenbild gesehen, beteuerte ein
Anrufer. Er kenne jemanden, der ähnliche Kleidungs-
stücke besitze, teilte ein anderer mit. Die abgebildete
Person komme ihm sehr bekannt vor, er glaube, es
handele sich um einen Einwohner einer Nachbarge-
meinde, gab ein Dritter zu Protokoll.

In der Soko S war man ununterbrochen damit beschäftigt, alle ankommenden Informationen zu sam-
meln und auszuwerten. Von Stunde zu Stunde wurde
es hektischer.

„Was halten Sie davon?" Mit diesen Worten wurde
dem Leiter der Sonderkommission ein Fernschreiben
überreicht, das gerade aus Göttingen eingetroffen
war. Es lautete:

„Gegen 17:30 Uhr wurde in der Innenstadt Göttingens ein fünfundzwanzigjähriger Mann festgenommen, der Passanten gegenüber damit renommierte, denjenigen zu kennen, der die Bombenpakete verschickt habe. Er selbst sei in gleicher Weise aktiv geworden und habe an den Chefredakteur der „Hannoverschen Presse" einen Drohbrief geschickt. Wahrscheinlich erführe man schon morgen mehr darüber. Beim eingehenden Verhör verwickelte sich der Befragte immer stärker in Widersprüche und rückte am Ende von seinen spontanen Einlassungen ab. Weitere Nachforschungen zu seiner Person ergaben, dass er in der Universitätsstadt dafür bekannt war, sich bei größeren Verbrechen immer wieder durch wilde Gerüchte bis hin zur Selbstbezichtigung in Szene zu setzen. – Der Fall kann in diesem Zusammenhang wohl als abgeschlossen betrachtet werden", lautete das nüchterne Resümee des Göttinger Kollegen.

„Das sehe ich auch so!", bemerkte Kriminalrat Kurau lakonisch.

Am Nachbarschreibtisch klingelte das Telefon. Ein aufgeregter Bahnhofsmitarbeiter aus Münster teilte mit, dass man einen Mann, auf den die Täterbeschreibung passe, bewusstlos aus einem Zug geholt habe. Er sei aus Bremen gekommen. Aufgrund seines Zustandes vermute man, dass er Selbstmord begehen wollte.

Da Name und Adresse der Person bekannt waren, konnte der Sache sofort nachgegangen werden. Es stellte sich heraus, dass es sich bei dem Verdächtigen um einen entflohenen Geisteskranken aus einer Bremer Anstalt handelte.

Gerade waren zwei Beamte von einem Außeneinsatz zurückgekommen. Ein Bauer aus dem Landkreis Verden hatte behauptet, gesehen zu haben, wie ein Verdächtiger hinter einem Buschwerk in der Nähe seines Grundstücks verschwunden war. Er vermute, dass der Mann habe fliehen wollen. Als die beiden Beamten vor Ort eintrafen, hatte sich die Sache schon als simples Missverständnis entpuppt. Der Verdächtige war ein harmloser Wanderer, der eben einmal im Busch verschwinden musste.

„Außer Spesen nichts gewesen", kommentierte einer der Beamten den extrem zeitaufwändigen und nutzlosen Einsatz.

„Da seid ihr aber noch gut davon gekommen", warf ein anderer Kollege ein. „Winfried ist vor einer Stunde nach Berlin abgereist und Horst nach Kassel. Sie sind einem Duo auf der Spur, das durch Vorträge über Atomphysik auf sich aufmerksam machte. Von einem ist bekannt, dass er sich halbwegs mit Sprengstoffen auskennt. Bei Experimenten soll ihm allerdings sein eigenes Laboratorium um die Ohren geflogen sein. Der andere war im Krieg als Pionier an der Front. Auch er scheint eine Menge Ahnung von Sprengstoff zu haben. Da können sich unsere Kollegen wohl wieder auf einiges gefasst machen."

Ein viel versprechender Anruf kam kurz nach der Mittagspause. Es meldete sich das Vorzimmer des Admirals Jeff aus der Zentrale der amerikanischen

Militärverwaltung. „Sie haben sich mit einem Aufruf in der heutigen Zeitung an die Öffentlichkeit gewandt und um Mithilfe bei der Fahndung nach den Sprengstoffattentätern gebeten", begann die Sekretärin des Kommandanten. „Ich glaube, ich kann Ihnen dazu etwas sagen."

„Wunderbar! Wir sind auch für den kleinsten Hinweis dankbar", ermutigte sie der Kriminalbeamte am anderen Ende der Leitung.

Das Phantombild in der Zeitung, so berichtete die Anruferin, erinnere sie an einen Besucher der Militärverwaltung, der mehrfach dort vorgesprochen und dabei immer wieder den Kommandanten verlangt hatte. Er habe diesbezüglich sehr fordernd gewirkt, sich ansonsten aber eines höflichen Umgangstons befleißigt. Beim dritten Mal habe er schließlich auch ihr sein Anliegen mitgeteilt: Er wolle um Unterstützung für die Gründung eines amerikanischen Clubs in seiner Heimatstadt Nienburg bitten. Da der Admiral bei keinem der Besuche im Hause war, habe sie die Adresse des Besuchers notiert und zugesagt, sich im Falle einer positiven Nachricht bei ihm zu melden. Nach eigenen Angaben hieß der junge Mann Eric von Andracz, gab an, 22 Jahre alt zu sein und in Nienburg zu wohnen.

„Das klingt wie elf Richtige im Toto. Wir werden uns den jungen Mann, wenn es geht, noch heute aus der Nähe ansehen. Mal sehen, welchen Fisch wir da an der Angel haben. Danke für Ihre freundliche Unterstützung!"

Fast zeitgleich klingelte 70 Kilometer von Bremen entfernt das Telefon bei der Kripo in Nienburg. Der Leiter der dortigen Unterkommission nahm das Gespräch persönlich entgegen. „Hier Erich", meldete sich der seinem Gegenüber bestens bekannte Anrufer, „ich glaube, ich habe da was für euch". Es war der Chefredakteur der örtlichen Tageszeitung „Die Harke", der mit einer überraschenden Nachricht aufwartete.

„Also, der junge Mann, den ihr da sucht, ist mir persönlich bestens bekannt. Er hat mich innerhalb der letzten Monate drei- oder viermal in der Redaktion besucht. Unangemeldet, versteht sich. Zunächst wollte er als Volontär bei uns eingestellt werden. Später kam er dann mit einzelnen Texten über Banalitäten, die wir veröffentlichen sollten. Mir war der Typ von vornherein unsympathisch, fordernd und anmaßend in seinem Auftreten. Als mir die Sache zu bunt wurde, habe ich ihn rausgeschmissen. Wenn ich mir das Bild in den „Bremer Nachrichten" von heute ansehe, bin ich mir absolut sicher, dass er derjenige ist, den ihr sucht. Er wohnt draußen in Drakenburg und heißt Eric von Andracz. Holt den Kerl ab!"

Der Fahndungsaufruf in den Tageszeitungen hatte sich damit als Volltreffer erwiesen. Binnen kurzer Zeit waren bei der Sonderkommission zwei Hinweise eingegangen, in denen eine bestimmte Person verdächtigt wurde. Jetzt kam es darauf an, schnell zu handeln.

Kriminalrat Kurau versammelte die anwesenden Beamten der Mordkommission und des Ermittlungsdienstes zu einer kurzen Lagebesprechung. „Auch wenn feststeht, wo wir zu suchen haben, muss das Ganze mit äußerster Präzision und Umsicht geschehen. Eine erneute Bombenexplosion, die in diesem Falle durchaus nicht unwahrscheinlich ist, können wir uns nicht leisten. Bevor der Zugriff erfolgen kann, muss zunächst das gesamte Umfeld genauestens erkundet werden. Zunächst weiß ich nur so viel, dass der Täter am Rande Nienburgs in einer barackenähnlichen Unterkunft lebt. Ich habe die örtliche Kommission gebeten, genaue Unterlagen über das Haus und die Lage des Grundstücks vor Ort zu beschaffen, das Objekt eventuell auch unauffällig zu fotografieren. Zuwege zum Haus und mögliche Fluchtwege des Täters müssen vorab bekannt sein. Für 16:00 Uhr erwarte ich einen ersten Bericht aus Nienburg. Erst danach können wir über das weitere Vorgehen entscheiden."

Wenige Stunden später traf das Fernschreiben aus Nienburg ein:

„Der mutmaßliche Täter ist 22 Jahre alt, er wohnt gemeinsam mit seinen Pflegeeltern in Drakenburg am Rande der Kreisstadt Nienburg in einer einfachen Unterkunft, die ursprünglich für Kriegsflüchtlinge errichtet wurde. Das Haus ist von allen Seiten gut einsehbar. Es gibt nur einen Zugang auf der Vorderseite. Der Pflegevater arbeitet als Sprengmeister in einer Kiesbaggerei, die Pflegemutter ist Hausfrau und überwiegend in der Wohnung anwesend. – Für den

geplanten Zugriff im Laufe des morgigen Vormittags werden von unserer Dienststelle sieben Beamte abgestellt."

Freitag, 7. Dezember 1951

Wie hatte das nur passieren können? Mehrere Stunden hatte er sich am Vortag in der Stadt aufgehalten und dabei alles Mögliche erledigt. Am Ende war er in seinem Lieblingscafé „Perdoni" gelandet. An alles hatte er gedacht, nur nicht daran, einen Blick in die Tageszeitung zu werfen, die im Fenster der Geschäftsstelle in der Nienburger Innenstadt aushing. Dabei war dieses die einzige Möglichkeit, herauszubekommen, was die Polizei in der Zwischenzeit in der Sprengstoffangelegenheit zu Tage gefördert hatte. Es war höchst fahrlässig, sich darum nicht zu kümmern.

Heute nun hatte er das Versäumte endlich nachgeholt. Am Bahnhofskiosk war es ihm gelungen, noch ein Exemplar der Zeitung vom Vortage zu bekommen. Bei dem, was er da las, lief es ihm abwechselnd heiß und kalt den Rücken hinunter. Es gab nicht den geringsten Zweifel: Die Polizei war ihm auf den Fersen. Die Personenbeschreibung war so perfekt, dass er befürchten musste, von Freunden und Bekannten längst als der Bombenattentäter von Bremen und Eystrup erkannt worden zu sein.

Und Lisa? Hatte sie auch den Steckbrief gelesen und das Bild gesehen? – Bei der Vorstellung, dass dies durchaus so sein konnte, stockte ihm der Atem. Er wusste: jetzt durfte er keine Zeit verlieren. So schnell wie möglich musste er mit Lisa sprechen. Er würde sie davon überzeugen, dass die Person, über die da in der Presse berichtet wurde, ihm rein zufällig ähnelte. Aber auch im anderen Falle brauchte er Lisas Hilfe.

Nur sie konnte ihn, wenn es darauf ankam, mit ihrer Aussage glaubhaft entlasten.

Er sah sich um, ob ihn nicht hier schon jemand beobachtet oder gar erkannt hatte. Fluchtartig verließ er den Bahnhofskiosk.

Bereits wenige Minuten später stand er vor der Tür der Wohnung, in der Lisa mit ihrer Mutter wohnte. Selten hatte ihn sein Weg in den letzten Monaten hierher geführt. Und noch seltener war es ihm gelungen, seine Freundin allein in der Wohnung anzutreffen und einige Zeit ungestört mit ihr zusammen zu sein. Auch diesmal war es die Mutter, die die Tür öffnete. Bei seinen Besuchen hatte sie ihm von Anfang an gezeigt, dass sie nicht glücklich über die Verbindung ihrer Tochter war. Dementsprechend distanziert und unpersönlich fiel die Begrüßung des ungebetenen Besuchers aus.

„Nun muss ich doch endlich mein Versprechen einlösen", bestürmte er seine Freundin, die sich ebenso über seinen frühen Besuch zu wundern schien. „Ich habe es mir anders überlegt. Auf eine Geburtstagsfeier mit all dem Tamtam möchte ich verzichten. Stattdessen lade ich dich wieder für einen Nachmittag und einen Abend nach Bremen ein. Wie im letzten Monat fahren wir mit einer Taxe dorthin und lassen uns im Stadtcafé verwöhnen. Und später werde ich dich dann wieder in den altehrwürdigen Ratskeller führen. Dort erwartet uns zur Feier des Tages ein exzellentes 4-Gänge-Menü. Wie findest du das?"

Lisa zögerte mit ihrer Antwort. „70 Kilometer mit der Taxe, hin und zurück. Ist das nicht unvernünftig? Sollten wir nicht lieber . . .“ „Nein, auf keinen Fall“, fiel er ihr ins Wort. „Du weißt, wie sehr ich dich liebe. Wie könnte ich dir dies deutlicher zeigen als durch einen gemeinsamen schönen Tag in so herrlicher Umgebung.“

Lisas Mutter hatte inzwischen das Wohnzimmer verlassen. Das Tönen des künftigen Verlobten ihrer Tochter ging ihr schon seit längerem auf die Nerven. Im Gespräch mit Lisa hatte sie ihn mehrfach einen Aufschneider und Hochstapler genannt. Und einer regelmäßigen Beschäftigung gehe er ja wohl auch nicht nach. Sie hatte jetzt einfach keine Lust, sich seine neuesten Geschichten anzuhören. Wenn es etwas Wichtiges gebe, würde ihre Tochter ihr dieses hinterher schon erzählen.

„Übrigens, hast du auch den neuesten Zeitungsartikel über die Sprengstoffanschläge in der letzten Woche gelesen?“ kam er schließlich zur Sache. Gespannt wartete er auf Lisas Reaktion.

„Nein, habe ich nicht. Warum fragst du das?“

„Ach, nur so. Hätte ja zufällig sein können. Aber da hast du auch nichts versäumt. Es gibt nämlich immer noch nichts Neues, und die Polizei tappt weiterhin im Dunkeln. Allerdings – ein bisschen nervös bin ich beim Lesen doch geworden. Die Beschreibung des Täters klingt tatsächlich so, als sei ich der Übeltäter. Komisch! Aber dann müsste ich ja auch am Mittwoch letzter Woche die Briefbomben bei der Post aufgegeben haben. Und du weißt doch, dass ich an diesem Nachmittag mit dir zusammen war."

„Warst du das?", fragte Lisa zurück. „Nein, natürlich war ich es nicht – ach, du meinst, ob wir zusammen waren? Ja, natürlich waren wir das. Sicher erinnerst du dich, dass ich an diesem Nachmittag bei dir war? Und du würdest das doch auch vor der Polizei auszusagen, falls man auf die Idee käme, dich zu fragen?"

Lisa schwieg. Sie wusste nicht, was sie von alle dem halten sollte. Ihr Freund der gesuchte Doppelmörder, ein berechnender, eiskalter Verbrecher? Sie mochte den Gedanken nicht weiter spinnen. „Am besten, du gehst jetzt. Wir sehen uns sicher morgen oder übermorgen in der Eisdiele."

Er war von seinem Besuch zurückgekehrt und hatte die am Rande des Ortes gelegene elterliche Wohnung gerade eben betreten, als drei Polizeifahrzeuge vorfuhren. Mehrere Uniformierte stürmten auf das Haus zu, annähernd ebenso viele nahmen um das Grundstück herum Aufstellung. In dem kleinen, nur wenige Quadratmeter großen Flur trat den Beamten die Mutter des Gesuchten entgegen. Noch bevor sie etwas erklären oder fragen konnte, wurde ihr in bestimmendem Ton und mit knappen Worten eröffnet, worum es ging. „Wir kommen, um Ihren Sohn wegen dringenden Tatverdachts zu verhaften und die gesamte Wohnung zu durchsuchen. Alle verdächtigen Gegenstände und Unterlagen werden wir einpacken und mitnehmen. – Ihr Sohn hält sich, wie wir wissen, im Hause auf. Bitte verständigen Sie ihn."

Mit äußerster Vorsicht begannen die Beamten, das Zimmer des vermeintlichen Täters zu durchsuchen. Für die meisten von ihnen bildete eine Tätigkeit wie diese eine absolute Ausnahme in ihrem Berufsalltag. Worauf war zu achten? Welche Unterlagen und Gegenstände mussten sichergestellt werden? – Keiner war frei von der Angst, mit dem vermuteten Sprengstoff selbst in Berührung zu kommen.

Inzwischen hatte auch der Gesuchte den Raum betreten. Routinemäßig wurde er vom Einsatzleiter zu seiner Person befragt und über den Zweck der Polizeiaktion informiert. „Halten Sie sich bereit. Sobald wir alles durchsucht haben und alle wichtigen Dinge an uns genommen haben, werden wir Sie nach Verden bringen, wo Sie von der dortigen Staatsanwaltschaft und der Kriminalpolizei verhört werden. Alles Weitere wird Ihnen dort erklärt."

Allerlei Merkwürdiges fiel den Beamten bei ihrer Suchaktion in die Hände, diverses Kleinwerkzeug, ein altes Radio, bei dem die Rückwand abgeschraubt war, Papier über Papier, das auf Nachtschrank, Tisch und Fensterbänken herum lag. Nachdenklich stimmte die Beamten, was da über die Lesegewohnheiten des jungen Mannes offenkundig wurde: Zu hunderten lagen Groschenromane mit heroischen Titelfiguren in seinem Zimmer herum. Billy Jenkins, Tom Prox, wild entschlossene Kämpfergestalten aus dem amerikanischen Westen. Sie waren offenbar so etwas wie die ständigen Begleiter des Zimmerbewohners. Anders und unerklärlich dagegen der Inhalt des einzigen Aktenordners, der sich im Zimmer befand. In ihm waren Zeitungstexte und handschriftliche Notizen über bedeutende Persönlichkeiten des öffentlichen Lebens abgeheftet. Welchem Zweck diente eine derartige Sammlung?

Alles wurde eilig gebündelt und verpackt. Beim Überfliegen der selbst verfassten Texte fiel den Durchsuchenden einer besonders ins Auge. „Bremer Torfköppe" lautete sein Titel, er war mit Schreibmaschine getippt und schien für eine Veröffentlichung bestimmt gewesen zu sein. „Auch der geht natürlich mit", bemerkte ein junger Kriminalbeamter, dem inzwischen die Schweißperlen auf der Stirn standen.

Kopfschüttelnd und leise vor sich hin redend hatte die Mutter das Geschehen vom Flur aus beobachtet. „Ich kann Ihnen dazu nichts sagen. Er spricht ja nicht mit uns. Er kommt hier nur zum Schlafen her." Mit diesen Worten geleitete die völlig verstört wirkende Frau die zum Aufbruch bereiten Beamten zur Tür. Das Einsatzfahrzeug, in dem der Verhaftete in sich zusammengesunken und an den Händen gefesselt auf der Rückbank saß, war inzwischen in Richtung Verden unterwegs.

„Ich bin Eric von Andracz, 22 Jahre alt, ledig, von Beruf technischer Zeichner, nicht vorbestraft. Wo ich wohne, wissen Sie ja!" Betont kurz und unterkühlt beantwortete der Angesprochene die Fragen zu seiner Person, mit der Kriminaloberinspektor Röder das Verhör eröffnete.

„Nach dem Ergebnis der kriminalpolizeilichen Ermittlungen stehen Sie im Verdacht, am 29. November zwei Sprengstoffanschläge durchgeführt zu haben, bei denen jeweils eine Person getötet wurde. Einen dritten Anschlag hatten Sie geplant, der glücklicherweise aus technischen Gründen scheiterte. Die Paketbomben wurden von Ihnen persönlich am 28. November bei den Postämtern Bremen 5 und Verden aufgegeben. An beiden Postschaltern wurden Sie hierbei von mehreren Personen beobachtet, die sich als Zeugen zur Verfügung gestellt haben und mit denen wir Sie anschließend konfrontieren werden."

„Wie kommen Sie dazu, mir zu unterstellen, diese schrecklichen Morde begangen zu haben? Woher sollte ich wissen, wie man Paketbomben baut und woher das Material dazu haben? Und im Übrigen, was hätte ich für einen Grund, Menschen zu töten, die ich nicht kenne und die mir nichts getan haben?", wehrte der Beschuldigte energisch ab. „Und da wir schon beim Thema Zeugen sind, meine Freundin, mit der ich mich zu Weihnachten verloben werde und die eine unbescholtene Person ist, wird Ihnen bestätigen, dass ich am Mittwoch letzter Woche mit ihr zusammen war und mich weder in Bremen noch in Verden aufgehalten habe. Fragen Sie sie doch!"

„Das werden wir tun, und zwar so schnell wie möglich. – Bitte, Herr Kollege Hartung, verständigen Sie meine Dienststelle in Nienburg und bitten Sie die Kollegen, die genannte Zeugin möglichst umgehend zu befragen. Es wäre schön, wenn wir innerhalb der nächsten beiden Stunden das Ergebnis hätten."

Weiter nachzubohren, erschien Röder im Augenblick nicht angebracht. Er gab das Zeichen, mit der geplanten Gegenüberstellung zu beginnen. „Wir werden Sie sowie fünf andere junge Männer einzeln und nacheinander den anwesenden Zeugen vorstellen. Dabei wird sich zeigen, ob die Zeugen Sie als denjenigen erkennen, der die Pakete aufgegeben hat".

Von Andracz wusste, worauf es jetzt ankam. Nur nicht nervös werden, um jeden Preis die Ruhe bewahren, redete er sich ein.

Die Gegenüberstellung verlief wie mit allen Beteiligten abgesprochen, führte aber zu keinem eindeutigen Ergebnis. Das änderte sich auch nicht, nachdem alle vorgestellten Personen mit Kamelhaarmantel und Hut bekleidet sich ein zweites Mal den Zeugen präsentierten. „Ja, er ist es", sagte einer. „Nein, er ist es auf keinen Fall", beteuerte ein anderer. „Er könnte es sein", befand ein dritter. „Ich habe niemanden als den Täter erkannt", stellte enttäuscht der Postbeamte fest, der die Pakete im Bremer Postamt angenommen hatte.

Die Nienburger Kriminalpolizei hatte schnell gehandelt und in der Zwischenzeit sowohl Lisa als auch ihre Mutter befragt. Per Fernschreiben waren die Aussagen an die Soko S übermittelt worden. Beide hatten bestätigt, den Nachmittag des fraglichen Tages gemeinsam mit Eric von Andracz in ihrer Wohnung verbracht zu haben. Am Abend habe das junge

Paar sich dann im städtischen Kino vergnügt, wo der Film „Venus am Strand" gezeigt wurde.

„Ja, dann war's das wohl", resümierte Kriminaloberinspektor Röder sichtlich enttäuscht, und an zwei seiner jüngeren Kollegen gewandt, fügte er hinzu: „Bringen Sie den Verhafteten noch heute Abend nach Nienburg zurück. Er ist ein freier Mann."

Es war bereits nach Mitternacht, als das Polizeifahrzeug mit den drei Insassen das Ortschild von Nienburg passierte. „Bitte halten Sie an! Ich möchte hier aussteigen und in der Bahnhofskneipe mit allen, die ich dort antreffe, auf den Sieg der Wahrheit anstoßen. Ich wünsche Ihnen noch eine wunderschöne Nacht". Mit diesen überschwänglichen Worten verabschiedete sich der nächtliche Fahrgast, stieg aus und verschwand in der Dunkelheit.

Nur wenige Personen saßen in dem verrauchten Lokal um einen großen Tisch herum, als der späte Gast eintrat. Es waren Redakteure der örtlichen Zeitung „Die Harke", die sich hier nach getaner Arbeit noch zu einem Bier zusammengesetzt hatten. Natürlich war die Verhaftung eines jungen Mannes aus ihrer Stadt, der der Bombenattentate verdächtigt wurde, den ganzen Tag über Thema ihrer Gespräche gewesen. Umso verwunderter waren sie, dass er nun plötzlich vor ihnen stand.

Den Chefredakteur, der am Vortage der Sonderkommission den entscheidenden Hinweis gegeben hatte, drängte es, der Sache auf den Grund zu gehen. „Wie kommt es denn? Hatte die Polizei Ihnen nicht heute eine Vergnügungsreise nach Verden spendiert?"

„Sicher doch! Aber, wie Sie ja selbst sehen, völlig vergeblich. Man wollte mir die grausamen Mordanschläge anhängen. Ich kann mir nicht erklären, wie man überhaupt auf eine solche Idee kommen konnte. Und die Befragung der Zeugen, die man aufgeboten hatte, verlief dann natürlich auch wie das Hornberger Schießen, oder wie man so sagt. Selbst als ich in meinem Kamelhaarmantel vor den Zeugen erschien, konnte niemand mit Gewissheit bestätigen, dass ich derjenige bin, der die Bombenpakete aufgegeben hat. Bis auf die Knochen haben sich die schlauen Herrn von der Polizei blamiert."

Die Redakteursrunde begann sich aufzulösen. Es fand sich niemand, mit dem von Andracz auf seinen Erfolg hätte anstoßen können. - Aber ihn drängte es jetzt ja auch viel mehr, noch in dieser Nacht seine Freundin über seinen grandiosen Sieg über die Polizeimafia zu informieren.

Die Uhr zeigte bereits 1.30 Uhr, als er sich durch die dunklen Straßen der Stadt zu Lisa auf den Weg machte. Es dauerte einige Minuten, bis sich seine Augen an die absolute Finsternis gewöhnt hatten, vorsichtig tastend setzte er zunächst einen Fuß vor den anderen. Allmählich nahm er jedoch die Umrisse von Häusern, Gartenmauern, Bordsteinen immer deutlicher wahr, so dass er schließlich zu laufen begann, um schneller an sein Ziel zu kommen. Beschwingten Schrittes – er hätte jubeln und singen können – legte er die letzten Meter zu Lisas Haus zurück.

Verschlafen und nur mit einem leichten Nachthemd bekleidet, öffnete sie ihm die Tür. Von dem scheppernden Geräusch – verursacht durch eine Hand voll kleiner Steine, die er gegen ihr Fenster geworfen hatte – war sie hoch geschreckt und hatte eine Weile gebraucht, ihre Gedanken zu sortieren. Erst als sie ihn leise ihren Namen rufen hörte, erfasste sie die Situation und eilte zur Tür.

„Stell dir vor, ich bin unschuldig! Ich bin frei!", überfiel er sie, ohne auch nur mit einem einzigen erklärenden Wort auf die Umstände seines nächtlichen Besuchs einzugehen.

Nein, das war nun doch zu viel. Hätte er ihr das nicht auch am nächsten Morgen sagen können?

Immer noch benommen von der abrupten Unterbrechung ihres Schlafs, fasste sie ihn bei der Schulter und schob ihn ins Wohnzimmer. Hier konnten sie miteinander sprechen, ohne die nur wenige Meter entfernt schlafende Mutter zu stören.

Sie hatte kaum die Tür geschlossen, als er auch schon lossprudelte. In allen Einzelheiten und mit theatralischer Geste schilderte er ihr, was ihm während des zurückliegenden Tages widerfahren war. Und am Ende war er es natürlich gewesen, der als Sieger aus dem „Schlachtgetümmel", wie er es nannte, hervorgegangen war. Er triumphierte!

Lisas Miene hellte sich auf. Offensichtlich waren die schlimmen Befürchtungen, die sie die letzten

Tage über bedrückt und ihr regelmäßig den Schlaf geraubt hatten, doch grundlos.

„Ich bin so froh! Aber lass uns morgen noch einmal in Ruhe über alles reden", waren ihre Abschiedsworte, als sie sich nach mehr als einer Stunde voneinander trennten.

Samstag, 8. Dezember 1951

Im Bremer Polizeihaus herrschte Krisenstimmung. Der herbe Rückschlag des gestrigen Tages war noch nicht verdaut. Stand man jetzt wieder völlig am Anfang der Bemühungen?

Noch bis tief in die Nacht hinein hatte man darüber diskutiert und gerätselt, wie es zu der überraschenden Wende kommen konnte. War der Verhaftete wirklich unschuldig? War hier einfach zu schnell gehandelt worden? Hatten die ermittelnden Beamten in der Hoffnung, den Fall endlich abschließen zu können, bewährte Grundsätze polizeilichen Denkens und Handelns außer Acht gelassen?

„Ich war von Anfang an skeptisch. Welchen Grund sollte der junge Mann dafür gehabt haben, Menschen zu töten, die er offensichtlich gar nicht kannte? Meiner Meinung nach müssen wir uns jetzt intensiver als bisher um das Tatmotiv kümmern, das bislang noch völlig im Dunkeln liegt", gab der Leiter des Ermittlungsdienstes zu bedenken.

„Ja, gut und schön, aber wo sollen wir da anfangen? Das einzige, was wir bislang wissen, ist, dass es keine Verbindungen zwischen den Adressaten der Pakete gab, weder persönlich noch beruflich", hielt ihm ein Kollege aus der Mordkommission entgegen.

„Noch ist nicht aller Tage Abend. Wir müssen mit den Informationen weiterarbeiten, die gesichert sind. Und das ist kriminaltechnisch nicht eben wenig. Aufgrund des gescheiterten Anschlags in Verden kennen wir die Beschaffenheit der Paketbombe. Möglicherweise führen uns auch die mit Maschine geschriebenen Paketaufkleber weiter. Und weitere Hinweise aus der Öffentlichkeit gibt es ja außerdem noch. Wir sind mit unserem Latein noch längst nicht am Ende." Nach diesen Worten des „Seniors", eines älteren, berufserfahrenen Kollegen, hellten sich die Mienen der übrigen Gesprächsteilnehmer wieder ein wenig auf.

Auf großes Interesse stieß der Bericht der Sprengstoffexperten über die Konstruktion der Paketbombe. Der Täter hatte mit Donarit, einem Plastiksprengstoff, gearbeitet, wie er gegen Ende des Krieges von der amerikanischen und der englischen Luftwaffe eingesetzt wurde. Auch bei dem fehlgeschlagenen Attentat auf Adolf Hitler während eines Fluges im März 1943 war dieser Sprengstoff, wie man inzwischen wusste, verwendet worden. Jetzt wurde er für Sprengungen im Bergbau und in Steinbrüchen benutzt.

Der Täter hatte den kiloschweren Sprengstoffklumpen in ein Leinentuch gewickelt, das mit ungeübter Hand zusammengenäht war. Bei den übrigen Bauteilen handelte es sich um Kleinmaterial – Glasröhren, ummantelter Draht, Batterien – das mühelos im Haushaltswaren- oder im Elektrohandel zu beschaffen war. Es war so geschickt in den Hohlkörper der Paketbombe eingebaut, dass der Zündmechanismus nur unter einer ganz bestimmten Voraussetzung, wie sie beim Anheben des Verschlussdeckels der Röhre entstand, ausgelöst werden konnte. Das sorgfältig verschlossene Paket bedeutete also keine Gefahr für denjenigen, der es in Händen hielt und den Deckel nicht berührte. Im Falle der Verdener Bombe war kein konstruktionsbedingter Fehler, sondern eine defekte Batterie der Grund dafür, dass der Sprengkörper nicht detonierte.

„Welche Rückschlüsse lassen sich denn aus der Art, wie die Bombe konstruiert wurde, auf den Täter ziehen? War da ein Experte am Werk?", fragte einer der Ermittlungsbeamten.

„Nein, die Paketbombe ist so einfach konstruiert, dass sie im Grunde jeder herstellen kann, der als Pionier ausgebildet worden ist oder der sich das Wissen dazu auf andere Weise angeeignet hat. Auf gar keinen Fall ist von einer professionellen oder sogar serienmäßigen Herstellung auszugehen."

Die Sprengstoffanschläge von Bremen und Eystrup hatten inzwischen an mehreren Orten Norddeutschlands Nachahmer gefunden. Die Kriminalpolizei beschlagnahmte mehrere Postsendungen, die Ähnlichkeiten mit den verhängnisvollen Briefbomben aufwiesen. Einige waren ebenfalls als Postschnellgut deklariert und trugen die Aufschrift „Nur vom Empfänger persönlich zu öffnen". Die schlimmsten Befürchtungen bestätigten sich jedoch in keinem der Fälle. Die Pakete waren mit belanglosem Material wie Sägemehl oder Hülsenfrüchten gefüllt. Die Polizei warnte davor, mit schlechten Scherzen dieser Art die Bevölkerung zu beunruhigen. In Hamburg war der Absender eines solchen Pakets ermittelt und festgenommen worden.

Auch in anderer Form wurden Polizeidienststellen, Zeitungsredaktionen und andere Einrichtungen bedroht. Bei der Göttinger Kriminalpolizei ging ein Drohbrief ein mit der ultimativen Aufforderung, alle Nachforschungen sofort einzustellen, da sonst eine Höllenmaschine losgehe, unterschrieben mit „Seine Majestät, der Rächer".

Nach wie vor umstritten war innerhalb der Sonderkommission die Frage, ob es sich um die Tat eines verwirrten Einzelnen handelte oder ob dafür ein irgendwie gearteter politischer Hintergrund angenommen werden könne. Das Bild war völlig uneinheitlich. Sprachen die Erkenntnisse heute für die eine These, so gab es morgen gute Argumente für die andere. Noch war völlig unklar, wohin sich das Pendel am Ende neigen würde. Besonders hartnäckig hielt sich die Vermutung, es könne sich um das Werk einer politischen Terrorgruppe handeln, die aus bestimmten Gründen die Bevölkerung beunruhigen wolle. Aber auch hierfür fehlten nach wie vor eindeutige Belege.

Auch wenn die polizeilichen Ermittlungen im Augenblick eher auf der Stelle zu treten schienen, so waren sie doch keineswegs gescheitert. Die Veröffentlichung der Täterbeschreibung und des Phantombilds hatten zu weiteren erfolgversprechenden Hinweisen aus der Öffentlichkeit geführt. In Nienburg sowie in Düsseldorf wurde je ein junger Mann verhaftet, den man in Begleitung des zunächst Verhafteten gesehen haben

wollte. Man ging davon aus, dass es sich um Hintermänner oder Komplizen des Attentäters handelte.

Mit jedem Tag, den die Fahndung nach dem Täter
ergebnislos blieb, nahm die öffentliche Kritik an der
Arbeit der Polizei zu. Als unprofessionell und ineffek-
tiv wurden besonders die Organisationsstruktur und
die Arbeitsweise der Sonderkommission kritisiert. An
der Schelte beteiligten sich auch die politischen Parteien. Ausgesprochen heftig fiel die Kritik der Deutschen Jungdemokraten aus, die von einem kläglichen
Versagen dezentralisierter Polizeidienststellen sprachen und eine zentrale Polizeigewalt des Bundes for-
derten.

Bereits einige Tage vorher hatten die „Bremer
Nachrichten" die Informationspolitik der niedersächsischen Kriminalpolizei aufs Heftigste kritisiert. Nach
dem Mordanschlag von Eystrup habe man viel zu
langsam reagiert. Hätte man sofort nach der ersten
Explosion am Morgen des 29. November eine Warn-
meldung herausgegeben, könne der Chefredakteur
Dr. Fuchs heute noch leben.

Von der Sonderkommission war diese Anschuldi-
gung mit aller Entschiedenheit zurückgewiesen worden. Die Ursache der Explosion im Postamt Eystrup
sei anfangs völlig unklar gewesen, zunächst habe alles
eher nach einem Raubüberfall ausgesehen. – Welche
Vorstellung hatte man da draußen eigentlich von der
Arbeit der Kriminalpolizei?

Aus einem Nachbarraum drang aufgeregtes Stim-
mengewirr herüber. Hörte es sich zuerst mehr nach

heftigem, lautstarkem Diskutieren mehrerer Kollegen an, so schlug es plötzlich in laute Begeisterungsrufe um. Kurz darauf klingelte im zentralen Besprechungsraum eines der Telefone. „Kommt rüber, kommt! Seht euch das an!", rief jemand mit aufgeregter Stimme in den Apparat.

Wenige Minuten später standen mehr als ein Dutzend Männer im Nachbarraum um einen Schreibtisch herum, an dem Hermann Drögemüller saß, der Experte des Erkennungsdienstes für Spurensicherung und Schriftanalysen. Vor ihm lagen mehrere Papiere, die man nach den Bombenattentaten bei den Opfern und bei der Hausdurchsuchung in Drakenburg sichergestellt hatte. Es handelte sich dabei um die ursprünglich auf den Briefbomben angebrachten Aufkleber sowie den maschinenschriftlichen Text, den man am Vortage in der Wohnung des Verhafteten gefunden hatte. Mit einer überdimensionalen Lupe betrachtete Drögemüller immer noch hoch konzentriert die einzelnen Papiere, obwohl seine entspannte Mimik daraufhin deutete, dass er inzwischen fündig geworden war.

„Wie ihr seht, hat auch in diesem Falle wieder die zeitraubende, akribische Kleinarbeit zum Erfolg geführt. Man kann eben als Täter sich noch so sehr bemühen, alles zu bedenken und ja keinen Fehler zu machen. Am Ende sind es die kleinen und allerkleinsten Dinge, die einem das Genick brechen. In diesem Falle ist es das kleine „r". Ja, ihr habt richtig gehört: dieser kleine Buchstabe, der in allen drei Schriftstücken vorkommt und dabei jeweils den gleichen charakteristischen Fehler aufweist, nämlich eine Verformung im unteren Teil des Buchstabens. Schaut euch das selber einmal an! Wenn man genau hinsieht, ist der in allen Schreiben wiederkehrende Typenfehler nicht zu übersehen."

Einer nach dem anderen folgte dieser Aufforderung. Man wollte wenigstens auf diese Weise Anteil an der sensationellen Entdeckung haben.

„Noch sind wir allerdings nicht am Ende des Weges angekommen", stellte Drögemüller fest. „Was uns jetzt fehlt, ist die Schreibmaschine, auf der die Texte getippt wurden. Erst wenn wir auch die gefunden haben, ist die Beweiskette komplett."

Seit der Veröffentlichung des Täterprofils waren weitere Hinweise bei der Soko S eingegangen, die die Verdachtsmomente gegen Eric von Andracz verstärkten. So berichtete ein Korrespondent der Bremer „Neuen Zeitung" von einem Gespräch mit von Andracz im März des Jahres. Bei seinem damaligen Besuch in der Lokalredaktion der Zeitung habe er ihm von der Gründung eines amerikanischen Kulturvereins vorgeschwärmt und um finanzielle Unterstützung gebeten. In überschwänglicher Form habe er bei dieser Gelegenheit auch von seinen Plänen, Journalist werden zu wollen, gesprochen und sich guter Kontakte zu verschiedenen norddeutschen Zeitungen gerühmt.

Am Ende dieses hektisch verlaufenden Tages, an dem die Beamten wiederum keine Zeit gefunden hatten, an ihr eigentlich freies Wochenende zu denken, standen immerhin zwei Dinge fest: Der Verdächtige war erneut zu verhaften und das Corpus Delicti, die Schreibmaschine, musste mit Nachdruck gesucht und gefunden werden.

Montag, 10. Dezember 1951

I

Die Nacht war ihm endlos lang vorgekommen. Bis gegen 3:00 Uhr morgens hatte er sich auf seiner unbequemen Pritsche hin und her gewälzt. Seine Gedanken kreisten pausenlos um die Ereignisse des gestrigen Tages, vor allem um seine völlig überraschende erneute Festnahme. Nun war genau das passiert, wovor er sich die ganze Zeit gefürchtet hatte: Man hatte ihn seiner Freiheit beraubt. Von einem Augenblick zum anderen war er von einem freien Bürger zu einem rechtlosen Insassen einer staatlichen Zwangsanstalt geworden. Was wollte man eigentlich von ihm? Reichten die noch keine 48 Stunden alten, über jeden Zweifel erhabenen Beweise seiner Unschuld nicht aus? Er würde am nächsten Morgen unverzüglich und mit aller Entschiedenheit darauf bestehen, einen Rechtsanwalt sprechen zu können.

Irgendwann hatte er sich schließlich in einem Gedankengestrüpp von Verletztheitsgefühlen und Schreckensvisionen restlos verfangen und war allmählich in den Schlafzustand hinübergeglitten.

Als er nach einigen Stunden, von wirren Träumen geplagt, aus dem Tiefschlaf hochschreckte, umgab ihn noch immer tiefste Finsternis. Nur langsam passten sich seine Augen der Dunkelheit an, und erst ganz allmählich traten in dem schwachen Lichtschimmer, der durch das kleine Fenster an der Längsseite des Raumes fiel, die Konturen der Umgebung hervor. Reflexhaft folgten seine Augen dem spärlichen Lichtschein bis zu dessen Quelle, einem vergitterten Fenster hinter seinem Schlafplatz. Blitzschnell begriff er, dass er sich noch genau dort befand, wo ihn die Beamten der Sonderkommission am Vorabend abgeliefert hatten, nämlich in der Arrestzelle der Verdener Polizei.

Und ebenso schnell war wieder präsent, was ihm am Abend des Vortages widerfahren war.

Wie so oft an den Wochenenden hatte er den Nachmittag und den Abend im Café Perdoni in der Nienburger Altstadt verbracht. Hier war er nicht nur als zahlender Gast immer willkommen, seine sprudelnde Fantasie und seine Erzählkünste waren für den Wirt immer auch Garantie dafür, dass sich die übrigen Gäste gut unterhalten fühlten, auch wenn manche der Geschichten, die er zum Besten gab, eher dem legendären Baron von Münchhausen zur Ehre gereicht hätten.

Diesmal war es ihm besonders wichtig, in Lisas Nähe zu sein. Aber irgendetwas schien mit ihr heute nicht zu stimmen. Hatte sie sich ihm gegenüber in den zurückliegenden Monaten und je näher der Termin der Verlobung heranrückte immer von ihrer liebenswürdigsten Seite gezeigt, so war sie jetzt wie ausgewechselt. Sie sprach kaum und schenkte ihm, während sie an den Nachbartischen bediente, keinerlei Beachtung. Was ging in ihr vor? Hatte die überra-

schende Begegnung mit der Polizei zwei Tage zuvor
sie derart verunsichert?

Um auf andere Gedanken zu kommen, gesellte er
sich schließlich zwei Jugendlichen zu, die am Stamm-
tisch des Schachklubs in eine Partie des königlichen
Spiels vertieft waren. Ja, einen Schachklub zu gründen, war seine Idee gewesen, und auch, wenn der
große Mitgliederzulauf bislang ausgeblieben war, war
er stolz auf sein Werk.

Lisa bediente mit spürbar aufgesetzter Freundlichkeit
die anwesenden Stammgäste. Sie war nicht bei der
Sache. Im Inneren kämpfte sie mit ihren Gefühlen.
Niemals hätte sie sich vorstellen können, dass man
ihren Freund mit grausamen Mordtaten in Verbindung bringen würde. Seitdem sie sich näher gekommen waren, schätzte sie ihn als freundlichen, liebe-
vollen Partner, der sich in den Dingen des täglichen
Lebens gut auskannte und der ihr hilfreich zur Seite
stand, wenn es darauf ankam. Aber jetzt hatte das
strahlende Bild Risse bekommen. Sie war sich inzwischen ziemlich sicher: Irgendetwas stimmte mit ihrem Freund nicht. Warum war die Polizei bei der Suche nach dem Sprengstoffattentäter gerade auf ihn
gestoßen? Hatte man konkrete Beweise gegen ihn in
der Hand? Und was war von der Personenbeschreibung zu halten, die seit kurzem in öffentlichen Ge-
bäuden und an Plakatsäulen aushing? – Die heiter-
fröhliche Stimmung, für die das „Perdoni" bekannt
war, wollte an diesem Abend nicht aufkommen, zumindest empfand Lisa es so.

Sein Blick glitt wieder über die kahlen Wände der Arrestzelle und blieb an dem sich schattenförmig abzeichnenden Bild der Fenstervergitterung hängen. Nach einer Nacht voller widerstreitender Gefühle und Gedanken entstand langsam vor seinem geistigen Auge das Szenario, das am Abend zuvor seinen Aufenthalt im Eiscafé abrupt beendet hatte. Gegen 21 Uhr waren dort zwei Kriminalbeamte erschienen, hatten ihn unter den argwöhnischen Blicken der übrigen Gäste in einen Nebenraum geführt und ihm eröffnet, dass er wegen dringenden Tatverdachts erneut, diesmal mit richterlichem Haftbefehl, in Polizeigewahrsam zu nehmen sei. Alles Weitere werde ihm am nächsten Morgen erklärt. Da die Polizisten drängten, blieb ihm keine Zeit, sich persönlich von Lisa zu verabschieden, er konnte ihr gerade noch zuwinken, während er von zwei kräftigen Armen nach draußen geschoben wurde. Vor dem Café warteten bereits zwei Einsatzfahrzeuge der Nienburger Kriminalpolizei. Bestimmt und unmissverständlich wurde er aufgefordert, auf der Rückbank des ersten Wagens Platz zu nehmen. Der Ernst der Lage, in der er sich befand, wurde ihm vollends bewusst, als er Handschellen angelegt bekam und an einem seitlichen Bügel im Fahrzeug fixiert wurde.

Was erwartete ihn nun an diesem Morgen bei seinem zweiten unfreiwilligen Aufenthalt in der Arrestzelle der Polizei Verden? Sicher würde man ihn erneut nach seinen Aufenthaltsorten und seinen Aktivitäten in der letzten Woche befragen. Er kannte das Ritual, auch von seinen Begegnungen mit der Polizei in der Schwarzmarktzeit, als er gerade wieder einmal etwas verkauft oder getauscht hatte, was zufällig in seinen Besitz gelangt war. Oder wenn ihm, wie in früheren Jahren immer wieder einmal geschehen, jene unvermeidbaren Beschaffungsdelikte zur Last gelegt wurden, ohne die ihm ein menschenwürdiges Leben überhaupt nicht möglich erschien.

Hartnäckig leugnen, nicht auf Suggestivfragen hereinfallen und sich alles gut merken, das war seine bewährte Strategie, und daran wollte er sich auch diesmal halten. Sollten sie sich ruhig an ihm noch einmal die Zähne ausbeißen. Er würde es ihnen schon zeigen.

Auf dem Flur hörte er Männerstimmen, die immer näher kamen. Jemand entriegelte die Zellentür und begann, sie vorsichtig zu öffnen. Er überlegte, was jetzt wohl passieren würde. Hatte man inzwischen erkannt, dass es auch diesmal keine haltbaren Beweise für seine Täterschaft gab und sollte er deswegen schon in Kürze wieder entlassen werden?

„Guten Morgen! Ich bringe Ihnen Ihr Frühstück!" Mit diesen Worten betrat ein älterer uniformierter Polizeibeamter die Zelle und überreichte ihm ein Tablett mit einem Becher Kaffee und einigen belegten Brotscheiben.

Von Andracz wandte sich ab. „Nehmen Sie das Zeug wieder mit. Ich denke nicht daran, mir in diesen vier Wänden von Ihnen eine Henkersmahlzeit servieren zu lassen. Aber wie ich annehme, sind Sie auch gekommen, um mir mitzuteilen, dass ich ab sofort wieder ein freier Mann bin. Ich werde dieses Haus so schnell wie möglich verlassen und mir ein Café suchen, in dem ich ungestört frühstücken kann."

„Da irren Sie sich gewaltig, junger Mann! Wir werden Sie in einer Stunde hier abholen und Sie nach Bremen bringen. Dort werden Sie von Kollegen der Kriminalpolizei und dem dortigen Staatsanwalt verhört. Halten Sie sich also dementsprechend bereit."

2

„Sie werden überrascht sein, dass wir uns so schnell wieder sehen", begrüßte ihn Kriminalrat Kurau. „Aber dass das Verhör am Freitag letzter Woche für Sie noch nicht das Ende bedeuten würde, haben Sie sich auch wohl selbst schon denken können. Wir werden Sie in gleicher Angelegenheit heute noch einmal vernehmen und hoffen, dass Sie daran mitarbeiten, das Ganze zügig und endgültig zum Abschluss zu bringen."

„Ich verstehe nicht, was das alles soll. Natürlich ist es Ihre Aufgabe, Straftaten aufzuklären und natürlich auch die mit den Paketbomben. Aber was habe ich damit zu tun? Wie Sie wissen, habe ich für die Zeit, in der die Pakete beim Postamt aufgegeben wurden, ein wasserdichtes Alibi. Ich nehme an, Sie haben protokolliert, was meine Freundin und deren Mutter dazu gesagt haben. Und Sie werden nicht so vermessen sein, das anzuzweifeln!"

„Wir werden allen Hinweisen nachgehen, nötigenfalls auch ein zweites oder drittes Mal. Dazu gehören auch die Aussagen von Zeugen, egal, ob sie belastender oder entlastender Natur sind. Besonders gründlich schauen wir hin, wenn wir es mit Personen zu tun haben, die eine persönliche Beziehung zu dem Verdächtigen haben. Aus Erfahrung wissen wir, dass deren Aussagen wegen möglicher Befangenheit mit Vorsicht zu behandeln sind. Es könnte also sein, dass wir die beiden Frauen noch einmal einbestellen und vernehmen werden."

„Ganz wie Sie meinen! Aber versprechen Sie sich davon nicht zu viel. Als erfahrene Kriminalbeamte müssten Sie doch auch selbst erkennen können, dass brutale Mordanschläge wie die von Eystrup und Bremen nicht zu einer zivilisierten, gebildeten Person, wie ich es bin, passen. Aus welchem Grund sollte ich denn auch Menschen umbringen, die ich nicht kenne und zu denen ich keinerlei Beziehung habe? Geben Sie Ihren Plan auf! Merken Sie nicht, dass Sie sich hier total verrennen?"

„Bitte mäßigen Sie sich! So kommen wir wirklich nicht weiter. Sie verkennen total Ihre Rolle, wenn Sie meinen, uns Verhaltensratschläge geben zu müssen. Damit bei der Sache am Ende etwas herauskommt, werden wir Ihnen im Folgenden einige konkrete Fragen stellen, die Sie uns bitte wahrheitsgemäß beantworten wollen." Mit diesen Worten versuchte Kriminalrat Kleemann, der zweite Vernehmungsbeamte, dem Gespräch eine andere Richtung zu geben.

„Moment! Bin ich denn überhaupt verpflichtet, vor Ihnen Aussagen zu machen, durch die ich mich selbst belaste? Ich bestehe darauf, bevor wir hier weiter reden, mich mit einem Anwalt zu beraten. Bitte veranlassen Sie, dass einer der besten Rechtsanwälte Bremens hier erscheint und mir zur Verfügung steht."

„Einen juristischen Beistand zu fordern, ist Ihr gutes Recht. Wir werden einen solchen über die Anwaltskammer anfordern, aber es steht uns nicht zu, die fachliche Qualität des Anwalts zu beurteilen. – Damit Ihrer Bitte entsprochen werden kann, werden wir die Befragung um zwei Stunden unterbrechen."

„Mein Gott, ist das ein komischer Vogel!" Diese Bemerkung konnte sich Kurau seinem Kollegen gegenüber nicht verkneifen, als sie die Tür zum Vernehmungsraum hinter sich geschlossen hatten. „Ich habe den Eindruck, wir müssen die Gangart von jetzt ab wohl doch etwas verschärfen".

Nachdem das Vieraugengespräch mit dem Anwalt beendet war, wurde das Verhör fortgesetzt. „Herr von Andracz, wir möchten Ihnen lange, quälende Ausführungen ersparen. Sie haben es selbst in der Hand, ob wir hier heute bis Mitternacht sitzen und ob Sie vielleicht sogar für morgen wieder vorgeladen werden müssen."

„Ganz so, wie Sie es für richtig halten. Ich sehe nicht, was ich dazu tun könnte."

„Es wird Sie nicht überraschen, wenn ich Ihnen darauf die kürzeste aller denkbaren Antworten gebe: Legen Sie ein Geständnis ab. Geben Sie die Taten zu", erwiderte Kleemann. „Das wäre die sauberste Lösung – wenn man angesichts der Toten und Verletzten überhaupt eine solche Formulierung benutzen darf –

und würde sich bei Ihrer Verurteilung mit hoher Wahrscheinlichkeit strafmildernd für Sie auswirken."

„Wie kommen Sie dazu anzunehmen, dass ich verurteilt werde? Bislang habe ich nichts, aber auch gar nichts von Ihnen gehört, was meine Täterschaft beweist. Halten Sie es wirklich für möglich, dass ein Richter eine Strafe gegen mich verhängt, ohne auch nur den geringsten Anhaltspunkt für ein schuldhaftes Verhalten, geschweige denn einen echten Beweis in Händen zu haben?"

„Nun gut, Herr von Andracz! Versuchen wir es noch einmal anders herum", reagierte Kurau gereizt. „Anders als Sie es vermuten werden, haben wir inzwischen eindeutige Beweise in der Hand, die Ihre Rolle bei den Anschlägen zweifelsfrei belegen."

„Sieh einer an, die Herren Oberkriminalisten haben hellseherische Fähigkeiten", mokierte sich von Andracz über die unerwartete Nachricht. „Na ja, wenn dem so ist, dann lassen Sie mal hören!"

„Bitte mäßigen Sie sich im Ton. Sie haben überhaupt keinen Anlass, sich hier als die Unschuld vom Lande aufzuspielen! – Etwas mehr Bescheidenheit stünde Ihnen angesichts der Situation, in der Sie sich befinden, gut zu Gesicht. Also: Wenn es nach uns geht, sind wir hier schnell mit der Angelegenheit fertig. Aus Ihren früheren Begegnungen mit der Polizei, über die wir uns bei Polizeidienststellen in anderen Bundesländern informiert haben, wissen Sie vermutlich, dass es innerhalb der Organisation der Kriminalpolizei Experten für Spurensicherung gibt. Unsere Kollegen haben in der letzten Woche außerordentlich gründlich gearbeitet und trotz des Ausmaßes der Zerstörung im Falle Bremen den Paketaufkleber sichergestellt, der sich auf der Pappröhre befand. Er ist, wie auch der bei der nicht detonierten Paketbombe in Verden, mit Schreibmaschine getippt."

„Na, da haben wir's ja! Ich besitze weder eine Schreibmaschine, noch kann ich überhaupt tippen. Wenn das so wäre, wie Sie es vermuten, hätten Sie sicher die Schreibmaschine bei der Hausdurchsuchung gefunden und sichergestellt. Also auch wieder so ein Schuss ins Leere."

„Da freuen Sie sich zu früh, denn es gibt inzwischen ein anderes Beweisstück, das eine klarere Sprache spricht. In Ihrem Zimmer fanden die Kollegen einen mit Maschine getippten Text, überschrieben mit „Bremer Torfköppe", der nachweislich von Ihnen verfasst wurde, zumindest steht Ihr Name darunter."

Von Andracz Stimme begann leicht zu zittern. „Ja, es stimmt, dass ich diesen Text bei mir aufbewahrt habe. Ein anderer hat ihn für mich getippt und meinen Namen darunter gesetzt, damit ich ihn bei der Zeitung zur Veröffentlichung einreichen kann. Das hatte ich mir für die nächsten Tage vorgenommen. Aber was hat das nun mit den ominösen Paketaufklebern zu tun?"

„Denken Sie einmal nach! Die Antwort wird Ihnen sicher einfallen. Wenn wir Ihnen dabei auf die Sprünge helfen sollen: Beide Texte, also die Paketaufkleber und der erwähnte Zeitungstext, den Sie, wie wir inzwischen wissen, beim Nachrichtenmagazin Spiegel eingereicht hatten, also beide Texte sind auf ein und derselben Schreibmaschine getippt worden."

„Jetzt kommen mir aber wirklich die Tränen! Ja, ich müsste heulen, wenn die Sache nicht so komisch wäre. Sie behaupten also, die Schreibmaschine zu kennen, auf der die Texte getippt wurden. Gibt es in Deutschland nicht Hunderttausende solcher Schreibmaschinen, auf denen täglich Hunderttausende Texte getippt werden? Sind nicht alle Schreibmaschinen einer Marke identisch, und gleichen sich daher nicht alle darauf getippten Texte wie ein Ei dem anderen?" Von Andracz – er hatte sich inzwischen von seinem Stuhl erhoben – versuchte durch eine betont aufrechte Körperhaltung und einen provozierenden Blick Überlegenheit zu demonstrieren.

„Ja, auch jetzt haben Sie wieder beinahe Recht, aber eben nur beinahe. Es ist längst nicht so, dass eine Schreibmaschine hundertprozentig der anderen gleicht. Durch regelmäßige Benutzung zeigen sich bei älteren Modellen im Allgemeinen Veränderungen und Verschleißmerkmale. Diese charakteristischen Merkmale spiegeln sich in den Texten wider, die mit der jeweiligen Maschine getippt werden. Außerdem lassen sich die Maschinen der verschiedenen Hersteller anhand der verwendeten Schrifttypen durchaus voneinander unterscheiden. In Ihrem Falle wissen wir, dass die Texte auf einer Maschine der Marke „Urania" geschrieben wurden."

„Und woher wissen Sie das?"

„Auch dafür, junger Mann, gibt es bei der Polizei Spezialisten. Sowohl die Experten unseres eigenen

Hauses als auch die hinzu gezogenen Kollegen des kriminaltechnischen Instituts in Hamburg stimmen darin überein, dass die Schreibmaschinentypen beider Textvorlagen absolut identisch sind. Da ich aber annehme, dass eine bloße Feststellung wie diese Sie noch nicht überzeugt, will ich Ihnen die Begründung gleich mitliefern. Die benutzte Schreibmaschine weist mehrere charakteristische Typenfehler auf, die auf das Alter der Maschine und die langjährige Benutzung zurückzuführen sind. Das sind sozusagen die Fingerabdrücke, die der Täter hinterlässt, wenn er zur Schreibmaschine greift, um sich nicht durch seine Handschrift zu verraten. In unserem Falle liegen die Dinge klar auf der Hand. Es sind die Buchstaben „r" und „n", die leicht verformt beziehungsweise in der Höhe verschoben sind, und zwar durchgängig über die gesamte Textlänge hin. – Bitte sehen Sie sich diese Auffälligkeiten in den beiden Proben, die hier vor uns auf dem Tisch liegen, selbst an."

Von Andracz zögerte einen Augenblick, bevor er aufstand. Er trat einige Schritte nach vorn, beugte sich flüchtig über die beiden Textproben, die nun im Abstand von nur wenigen Zentimetern vor ihm lagen. Ohne mit seinem Blick bei den fraglichen Objekten zu verweilen, wandte er sich mit versteinerter Miene ab, machte eine abwehrende Handbewegung und nahm trotzig seinen Platz wieder ein.

„Herr von Andracz, möchten Sie jetzt etwas erklären?", fragte Kriminalrat Kleemann. Als erfahrener Kriminalist hatte er immer wieder ähnliche Situationen erlebt, in denen nach langen, quälenden Befragungen die Beteiligten den Eindruck hatten, dass es Zeit für ein Schuldeingeständnis sei, zumindest jedoch für eine irgendwie geartete Erklärung dieser Art. Oft gebot es einfach die Rücksichtnahme auf die physische und psychische Verfassung, dem Beschuldigten zu seiner augenblicklichen Entlastung ein Angebot dieser Art zu machen. Oft waren die Karten aber auch – und so schien es in diesem Falle zu sein – einfach ausgereizt.

„Herr von Andracz, mein Kollege hatte Sie etwas gefragt. Dürfen wir jetzt eine Antwort von Ihnen erwarten?"

„Ja, Sie dürfen! Aber die Antwort fällt kurz und knapp aus. Ich werde mich ab sofort in der ganzen Angelegenheit nicht mehr persönlich äußern. Mein Anwalt hat die Vollmacht erhalten, dies für mich zu tun. Ich habe den Eindruck, dass man hier äußerst unfair mit mir umgeht und ich überhaupt keine Chance habe, nach Recht und Gesetz behandelt zu werden."

„Nun gut! Es gehört zu Ihren verbrieften Rechten als Beschuldigter, die Aussage zu verweigern. Und natürlich werden wir Ihre Entscheidung respektieren. Unsere Aufgabe ist es, dafür Sorge zu tragen, dass das begonnene Verfahren in den folgenden Tagen ordnungsgemäß fortgesetzt und zum Abschluss gebracht werden kann. Und damit diesem nichts im Wege steht, werden wir Sie am späten Nachmittag dem Verdener Haftrichter vorführen, der wegen dringenden Tatverdachts und bestehender Verdunkelungsgefahr voraussichtlich eine mehrtägige Untersuchungshaft gegen Sie verhängen wird. Wir sehen uns dann vermutlich bereits morgen Vormittag wieder. "

„Eine arrogante, respektlose Person", brachte Kriminalrat Kurau seinen Eindruck auf den Punkt, nachdem zwei Wachtmeister der Bremer Polizei den Verdächtigen abgeführt hatten.

Noch lange verharrten die beiden Kriminalbeamten auf ihren Plätzen an dem großen Vernehmungstisch. „Eigentlich liegen die Dinge klar auf der Hand. Alle bislang vorliegenden Fakten sprechen eine klare, eindeutige Sprache, und was die Kollegen von der Kriminaltechnik herausgefunden haben, klingt eher nach allem anderen als nach einem Zufall. Was uns in dieser Beweiskette allerdings im Augenblick noch fehlt, ist die benutzte Schreibmaschine. Mit Nachdruck muss im Umfeld des Verdächtigen nach diesem Beweisstück geforscht werden, was in einer überschaubaren Kleinstadt wie Nienburg sicher kein unlösbares Problem sein dürfte.

„Das wohl nicht", erwiderte sein Kollege, „aber in einem Punkt sind wir leider immer noch nicht weiter gekommen, nämlich der Frage nach dem möglichen Tatmotiv. Was kann einen jungen Menschen dazu treiben, in einer Zeit, in der wir alle die Schrecknisse des Weltkrieges noch vor Augen haben, wehrlose, unschuldige Menschen auf eine so brutale Weise aus dem Leben zu befördern? Ich muss sagen, so recht kann ich das Geschehene noch nicht mit der Person, mit der wir es hier zu tun haben, in Verbindung bringen."

„Das geht mir im Grunde genauso. Insgesamt sind wir wohl aber auch zu verständnisvoll mit dem Mann umgegangen beziehungsweise haben nicht konsequent genug reagiert und insistiert, als er durch geschickte Ausweichmanöver versuchte, unser Konzept zu durchkreuzen. Durch seine Fähigkeit zu intelligentem, taktisch klugem Verhalten hat er es uns bei unserer Arbeit nicht gerade leicht gemacht. Damit werden wir uns wohl auch bei den weiteren Vernehmungen herumzuschlagen haben."

Dienstag, 11. Dezember 1951

Würde der Tag 12 nach den Sprengstoffattentaten endlich den Durchbruch bringen?

Für den Nachmittag war geplant, das Verhör des Vortages, bei dem sich der Verdächtige ausgesprochen sperrig und unkooperativ gezeigt hatte, fortzusetzen. Noch war den beiden Beamten nicht klar, mit welcher Strategie es ihnen gelingen würde, den mutmaßlichen Täter zum Reden zu bringen. Alle Versuche, ihn durch Konfrontation mit offenkundig eindeutigen Ermittlungsergebnissen zu überführen, waren bislang gescheitert. Je mehr sich von Andracz bedrängt fühlte, desto abweisender wurde er, bis zu dem Punkt, von dem ab er sich schließlich völlig verweigerte. Darauf zu hoffen, dass er sich durch Unbedachtheit in Widersprüche verwickeln würde, war gleichermaßen illusorisch. Er war geistig wendig genug, um Fangfragen zu durchschauen und flexibel auf sie zu reagieren. Beide Kriminalbeamten hatten zudem das Gefühl, dass der beträchtliche Altersunterschied und die gänzlich andere Sozialisation der im Krieg aufgewachsenen Jugendlichen in diesem Falle für die Kommunikation nicht gerade förderlich waren. Ihnen war klar, dass das schwierigste Stück des Weges noch vor ihnen lag.

Die Mitarbeiter der Soko S in Bremen und in den Außenstellen Verden und Nienburg waren weiterhin damit beschäftigt, den Hinweisen aus der Öffentlichkeit nachzugehen, auch wenn diese inzwischen nur noch sporadisch eingingen und von Mal zu Mal unpräziser wurden. Die täglichen Presseberichte hatten für eine gewisse Beruhigung gesorgt, ging man doch davon aus, den Hauptverdächtigen inzwischen hinter Schloss und Riegel zu haben.

Am späten Vormittag erreichte die Bremer Zentrale ein Fernschreiben der Kripo Nienburg. Der dortige Leiter der Unterkommission berichtete über ein Telefonat mit einem örtlichen Geschäftsmann, der über die Tageszeitung von der Suche nach der Schreibmaschine erfahren hatte. Der Anrufer habe zu Protokoll gegeben, der Verhaftete habe regelmäßig Kontakt zu seinem Sohn gehabt, der als Lehrling im Geschäft des Vaters arbeitete. Er sei des Öfteren in seinem Laden aufgetaucht und habe darum gebeten, die Schreibmaschine der Firma benutzen zu können. Auch im Laufe der letzten Wochen sei er mehrfach in dem Ladengeschäft des Anrufers erschienen, um etwas auf der Schreibmaschine zu tippen. Worum es dabei allerdings gegangen sei, habe er nicht erkennen können. – Die Maschine sei zwischenzeitlich sichergestellt, berichtete die Kripo Nienburg, und werde im Laufe des Tages nach Bremen gebracht.

Damit schien man der Überführung des Täters ein entscheidendes Stück näher gekommen zu sein. Aber zunächst musste die Schreibmaschine kriminaltechnisch untersucht und auf Auffälligkeiten hin überprüft werden. Und es musste der eindeutige Beweis erbracht werden, dass die sichergestellten Texte auf eben dieser Maschine getippt worden waren.

Das Aufspüren der Schreibmaschine sollte nicht der einzige Fahndungserfolg des Tages bleiben. Gegen Mittag erschien Helene Meyer, Mutter einer Schülerin aus Eystrup, auf der Polizeidienststelle in Nienburg, um mitzuteilen, was ihre Tochter ihr anvertraut hatte. Ingrid, so der Name der Tochter, sei als Fahrschülerin am Vortage der Mordanschläge mittags nach der letzten Unterrichtsstunde mit dem Zug von Nienburg nach Eystrup, ihrem Wohnort, gefahren. Auf dem Bahnsteig habe sie gesehen, wie auch der „USA-Professor" – mit einer Aktentasche unter dem Arm – ebenfalls in den Mittagszug nach Bremen eingestiegen sei. Ingrid, ebenso wie vier ihrer Mitschüler, die mit demselben Zug fuhren, seien bereit, dieses vor der Polizei auszusagen.

Punkt 15.00 Uhr saß man sich in dem Vernehmungszimmer des Bremer Polizeihauses, in dem das gestrige Verhör stattgefunden hatte, wieder gegenüber. Grußlos und mit finsterer Miene hatte von Andracz den Raum betreten, nachdem man ihm am Eingang des Raumes die Handschellen abgenommen hatte. Der Versuch der beiden Ermittler, die Atmosphäre mit ein paar belanglosen, unverfänglichen Worten zu entkrampfen, zeigte keinerlei Wirkung. Die Beamten hatten an der einen Seite des großen Besprechungstisches – das raumhohe Fenster im Rücken – Platz genommen. Ihnen gegenüber, mit dem Rücken zur Wand, saß von Andracz. Auf sein Gesicht fiel ein schwacher Schimmer der fahl-weißen Wintersonne.

Anders als am Vortage waren auf dem Tisch diesmal mehrere Mikrofone aufgestellt. Da es aufgrund der bisherigen bruchstückhaften, diffusen Einlassungen des Verdächtigen mehr als zweifelhaft galt, dass es gelingen würde, die Ermittlungsergebnisse am Ende des Verhörs in einem maschinenschriftlichen Protokoll zusammenzufassen, hatte man sich entschlossen, den gesamten Verlauf elektromagnetisch aufzuzeichnen und zu diesem Zweck vom Bremer Rundfunk eine Tonbandanlage ausgeliehen. Die Gründe für diese außergewöhnliche Vorgehensweise waren nach Auffassung der Ermittler allein vom Verdächtigen zu vertreten. Sie hielten es folglich nicht für erforderlich, ihm dieses neuartige Verfahren näher zu erklären, geschweige denn, ihn um sein Einverständnis hierzu zu bitten.

„Herr von Andracz, ich glaube, ich kann mich kurz fassen. Sie wissen, worum es uns hier und heute geht. Sie erweisen sich selbst den größten Dienst, wenn Sie sich kooperativ verhalten und unsere Fragen wahrheitsgemäß beantworten. Jegliches Ausweichen oder Leugnen von Tatsachen, die uns inzwischen bekannt geworden sind und mit denen wir Sie konfrontieren müssen, kostet nur Ihre und unsere Zeit." Mit diesem eindringlichen Appell leitete Kriminalrat Kurau die nächste Befragungsrunde ein.

„Ich sehe nicht, was sich von gestern bis heute geändert haben sollte", erwiderte der Angesprochene patzig.

„Ich glaube, da können wir Ihnen auf die Sprünge helfen. Wir haben Sie gestern mit zwei Textproben konfrontiert, die offensichtlich aus Ihrer Werkstatt stammen. Beide Texte weisen hinsichtlich des Schriftbildes die gleichen Auffälligkeiten auf. Sie sind zweifelsohne auf derselben Schreibmaschine getippt worden. Wir bieten Ihnen an, sich heute selbst davon zu überzeugen."

„Wie soll das denn gehen?"

„Wir werden Ihnen gleich Gelegenheit geben, vor unseren Augen einen kurzen Text auf der fraglichen Schreibmaschine zu tippen, und uns diesen dann gemeinsam mit Ihnen ansehen."

Von Andracz sprang von seinem Platz auf. „Das ist doch nichts anderes als ein plumper Überrumpelungsversuch. Woher wollen Sie just diese Schreibmaschine haben?"

„Bitte bringen Sie die Maschine herein", forderte Kurau einen Wachtmeister auf, der von Beginn des Verhörs an in der Nähe der Tür Position bezogen hatte.

Von Andracz wurde leichenblass, als man ihm kurz darauf die Maschine vorsetzte. Seine freche, zynische Art, seine gespielte Überlegenheit schlugen in Sekundenschnelle in panikhafte Nervosität um. Er zitterte am ganzen Körper und schien begriffen zu haben, dass die Ermittler an seiner Täterschaft nun nicht mehr den geringsten Zweifel hatten. Er spürte geradezu, dass er sich in der eigenen Schlinge verfangen hatte.

Obwohl ihm klar war, dass sein Leugnen und seine Ausreden ihm von jetzt ab nicht mehr weiterhelfen würden, legte er nicht das erhoffte Geständnis ab.

„Ich sage überhaupt nichts mehr, verweigere jede Aussage", war seine stereotype Reaktion auf die Fragen der ermittelnden Beamten. Auch die Hinweise auf Zeugen, die ihn während der Bahnfahrt nach Bremen und bei seinen Besuchen in den Postämtern gesehen und erkannt hatten, vermochten ihn nicht von seiner Blockadehaltung abzubringen. Stattdessen fiel er wider Erwarten nach kurzer Zeit in sein altes Schema zurück und giftete kaltlächelnd: „Wenn Sie dies alles schon wissen, warum fragen Sie mich dann eigentlich noch? Gehen Sie doch gleich mit dem Material zum Staatsanwalt!"

Das Verhör schien von diesem Punkt ab endgültig festgefahren zu sein. Der Versuch der Ermittler, es mit anderen, zunächst eher belanglosen Fragen wieder in Gang zu bringen, scheiterte ein ums andere Mal. Auch der nochmalige Versuch, ihm vor Augen zu führen, dass ein offenes Eingeständnis seiner Tat sich sicherlich positiv für ihn auswirken werde, änderte nichts an seiner Haltung. Trotzig erklärte er den Beamten, er habe sich genau informiert und wisse, wie er sich zu verhalten habe. Ihr Gerede von einer eventuellen Strafmilderung könnten sie sich, weiß Gott, an den Hut stecken. Und damit nicht genug. In schroffem, belehrendem Ton fügte er hinzu: „Sie können mir ja viel erzählen, ich weiß genau, dass auf eine solche Tat lebenslänglich steht." Und als sei er in dieser Situation der Tonangebende, setzte er gleich noch eins drauf: „Damit Sie es wissen, ich lehne es ab, mich weiterhin von Ihnen beiden befragen zu lassen. Der Einzige, den ich künftig akzeptieren werde, ist der Kriminalist aus Nienburg."

Von diesem Ausmaß an Arroganz und Selbstgefälligkeit sichtlich überrascht, unterbrachen die beiden Ermittler ohne zu zögern die Vernehmung und zogen sich zu einer Beratung in eine Ecke des Raumes zurück. Schnell war klar, dass es angesichts der verfahrenen Situation keine bessere Lösung gab, als den Wunsch des Verhörten zu respektieren. „Sicher haben Sie sich Ihre Entscheidung gut überlegt. Wenn Sie es wünschen, kann das Gespräch sofort mit Herrn Kriminaloberinspektor Röder fortgesetzt werden. Er gehört nämlich zu unserer Sondereinheit und ist ebenfalls im Haus".

Eine knappe Viertelstunde später betrat der Besagte – eine große, stattliche Erscheinung mit grauem Haar – den Raum. Er war der erste, dem von Andracz bei den Durchsuchungen und Verhören in der letzten Woche begegnet war und zu dem er offensichtlich aufgrund seiner seriösen, väterlichen Art Vertrauen gefasst hatte. Als erfahrener Kriminalbeamter, der in den Nachkriegsjahren in Berlin und später in Niedersachsen immer wieder Straftäter verhört und überführt hatte, wusste Röder, worauf es in einer solchen Situation ankam. Jegliche Konfrontation, einhergehend mit vorschnellen Schuldzuweisungen, musste zu Beginn des Verhörs vermieden werden. Stattdessen galt es, dem Delinquenten das Gefühl zu geben, auf Augenhöhe mit dem ermittelnden Beamten zu spre-

124

chen. Zunächst kam es nach Röders Überzeugung darauf an, in rein sachlicher Form zu beschreiben, was geschehen war. Erst im weiteren Verlauf des Verhörs dürfe die Frage nach der Schuld gestellt werden. Vorrangige Aufgabe des Verhörenden sei es, den Verdächtigten in dieser Phase sorgfältig zu beobachten und sein Verhalten zu deuten. Das Geständnis, so die Überzeugung Röders, müsse am Ende der Vernehmung wie eine reife Frucht vom Baume fallen.

Röder, der mit dem gesamten Tathergang und den bisher vorliegenden Ermittlungsergebnissen bestens vertraut war, setzte konsequent auf diese Karte. Er beschrieb den Ablauf der Ereignisse vom Augenblick des ersten Paketbombenanschlags im Postamt Eystrup über die Fahndung nach dem oder den Verdächtigen bis zu der Situation, in der von Andracz sich gegenwärtig befand. Seiner bewährten Verhörstrategie folgend, beschränkte er sich weitgehend auf die Darstellung gesicherter Fakten, flocht aber geschickt plausible Fragen nach der Urheberschaft mit ein.

Als geschultem Beobachter blieben ihm die Reaktionen seines Gegenübers nicht verborgen. Er bemerkte die innere Unruhe, die von Andracz immer wieder überkam. Und je mehr seine Rolle als möglicher Täter in den Fokus rückte, desto abweisender und verschlossener wurde er. Mehrfach hatte Röder bis dahin geglaubt, von Andracz so weit gebracht zu haben, dass er nahe daran war, ihm sein Herz auszuschütten. Aber dann waren diese zaghaften Anzeichen von Gesprächsbereitschaft ebenso schnell wieder von seinen Gesichtszügen gewichen und er hatte sich aufs Neue in trotziges Schweigen gehüllt. Über Stunden zog sich dieses Tauziehen hin. Es war bereits nach Mitternacht, als von Andracz sein Schweigen brach. „Herr Röder, ich will Ihnen alles sagen, aber bitte lassen Sie mich vorher noch mit meiner Braut sprechen."

Röder überlegte einen Augenblick und verließ danach kurz den Raum, um sich mit den übrigen Beamten der Sonderkommission abzustimmen. Danach gab er grünes Licht: „Gut, Sie können Ihre Braut sprechen."

Seit den Abendstunden hielten sich Lisa und ihre Mutter im Bremer Polizeihaus auf. Man hatte sie noch einmal als Zeugen vorgeladen, um sie ein weiteres Mal zu befragen und die Glaubwürdigkeit des Alibis zu überprüfen. Ohne Umschweife räumten Mutter und Tochter jetzt ein, vor von Andracz' Festnahme von diesem beeinflusst worden zu sein. Er habe ihnen eingeredet, dass er am Nachmittag vor den Anschlägen mit ihnen zusammen gewesen sei. Richtig sei stattdessen, dass er erst gegen Abend von einem Besuch Bremens nach Nienburg zurückkehrte. Befragt zu Beobachtungen und Ereignissen, die ihr in letzter Zeit aufgefallen seien, berichtete Lisa des Weiteren, dass ihr Freund in ihrem Beisein in den letzten Wochen verschiedene Nienburger Geschäfte aufsuchte, so ein Elektrogeschäft und eine Klempnerei, um dort verschiedene Kleinteile zu kaufen. „Vielleicht haben sie ja etwas mit den Paketbomben zu tun."

Leichenblass, den Blick zum Boden gerichtet, betrat Lisa wenige Minuten später den Raum. Röder hatte sich in eine Ecke des Verhörraumes zurückgezogen und ließ die beiden in einer anderen Ecke ungestört miteinander sprechen. Mit stockender Stimme und in weinerlichem, klagendem Ton redete der Mann auf das Mädchen ein. Sie selbst schwieg die ganze Zeit. Am Ende brach es aus ihr heraus: „Warum hast du das gemacht? Warum? Ich verstehe dich nicht. Es wird mir ewig ein Rätsel bleiben, wie du so etwas tun konntest."

Völlig verstört, mit gesenktem Kopf verließ sie den Raum, nachdem sie sich mit einem flüchtigen Wangenkuss von ihm verabschiedet hatte. Offensichtlich hatte er ihr alles gestanden.

Im Raum herrschte absolute Stille. Mit langsamen, schleppenden Schritten bewegte sich von Andracz wieder auf den großen Tisch in der Mitte des Raumes zu. „Herr von Andracz, deute ich Ihr Verhalten richtig, dass Sie uns jetzt etwas erklären möchten?", fragte Röder mit betont ruhiger Stimme. Die Antwort kam ohne zu zögern: „Ja, das will ich, und zwar die ganze Geschichte. Und jetzt können Sie auch alles aufschreiben." Es dauerte nur wenige Minuten, bis die Vorkehrungen für die schriftliche Protokollierung des Verhörs getroffen waren. Ein Mitarbeiter der Soko S hielt die wesentlichen Aussagen maschinenschriftlich fest.

„Ja, ich habe die Pakete selbst angefertigt und aufgegeben", begann von Andracz mit kaum vernehmbarer, weinerlicher Stimme sein Geständnis.

„Den Plan dazu habe ich seit längerer Zeit mit mir herumgetragen, aber ich hatte einfach nicht den Mut, ihn zu verwirklichen. Warum, so werden Sie fragen, habe ich es am Ende doch getan? Ich bin ein Stiefkind des Lebens. Und das war es, was mich eigentlich auf die Idee gebracht hat. Ich habe auf alle möglichen Arten versucht, Geld zu bekommen. Aber mit allen Versuchen bin ich am Ende gescheitert. Dann schließlich kam mir dieser absonderliche Gedanke, wie ich mir Geld beschaffen konnte. Mein Vorbild war dabei der amerikanische Gangsterkönig Costello".

In einem Bericht, den er über ihn gelesen habe, berichtete von Andracz weiter, sei auch erwähnt worden, mit welchen Methoden dieser Gangster gearbeitet habe, um an Geld heranzukommen. Diesem Vorbild habe er nacheifern wollen.

„Also dienten die Morde allein dazu, Geld zu beschaffen? Aber wo ist dabei die Logik?", unterbrach ihn Röder.

„Ich wollte etwas für Lisa und für mich tun. Zu Weihnachten wollen wir uns verloben und bis dahin wollte ich in Nienburg einen Schallplattenverleih aufziehen. Hierfür brauchte ich ein Startkapital und dieses wollte ich von den Opfern der Sprengstoffanschläge erpressen. Mehreren als wohlhabend bekannten Männern wollte ich Pakete schicken und später ihre Familien in einem anonymen Schreiben auffordern, 5.000 DM an einer bestimmten Stelle für mich zu deponieren. Sollten sie dazu nicht bereit sein, so würden sie das gleiche Schicksal wie ihre getöteten Angehörigen erleiden."

Röder musste sich zwingen, seine Abscheu und sein Entsetzen über diese wahnwitzige, hirnverbrannte Idee zu unterdrücken.

Allmählich fasste sich von Andracz und er berichtete, wie er in verschiedenen Hannoverschen und Nienburger Geschäften bereits Wochen vorher das Material für die Briefbomben gekauft hatte. Am schwierigsten sei es gewesen, die Papphülsen und die benötigten Glasröhrchen zu beschaffen. Lisa sei bei den Einkäufen einige Male dabei gewesen, aber sie habe sich nicht dafür interessiert, wofür die Gegenstände gedacht waren.

„Um an den Sprengstoff zu kommen, musste ich mir etwas einfallen lassen. Ihn meinem Pflegevater zu entwenden, der Sprengmeister ist, wäre zu auffällig gewesen. Mir fiel jedoch ein Kollege meines Vaters ein, der ebenfalls als Sprengmeister in derselben Firma tätig ist. Ihn suchte ich auf und bat ihn, meinem Vater wegen eines unvorhergesehenen Engpasses mit zweieinhalb Kilo Donarit auszuhelfen. Er würde den Stoff so bald wie möglich zurückbekommen. Während der Abwesenheit meiner Pflegeeltern baute ich in meinem Zimmer die Sprengstoffpakete zusammen. Niemand half mir dabei, auch die Leinenbeutel, in die ich die Sprengmasse einfüllte, nähte ich selbst zusammen. Auch finanziell wurde ich von niemandem unterstützt. Das Geld besorgte ich mir durch Schrottverkäufe und Diebstähle von Autoteilen."

Nicht ganz einfach sei es gewesen, berichtete von Andracz weiter, seine Pläne vor seinen Pflegeeltern zu verbergen. Hatte er den Sprengstoff noch im Inneren seines Radios, dessen Rückwand er abgebaut hatte, aufbewahren können, so musste er die fertigen Pakete jeden Tag in der Aktentasche mit aus dem Haus nehmen. Mit dieser Aktentasche ging er überall hin. Er hatte sie bei sich, wenn er ins Kino ging, sein Lieblingslokal besuchte oder sich irgendwo mit seiner Freundin traf. Er sei absolut sicher gewesen, dass davon keinerlei Gefahr für sich und andere ausgegangen sei. Aus seiner Tätigkeit als Gehilfe seines Vaters verfüge er über genügend Kenntnisse für den fachgerechten Umgang mit Sprengstoffen.

„Am 28. November, einen Tag vor meinem 22. Geburtstag, war ich dann soweit. Mit dem Mittagszug fuhr ich nach Bremen. Dort führte ich zunächst Telefongespräche mit den Büros der Herren, für die die Pakete bestimmt waren. Ich meldete mich unter falschem Namen und fragte, ob die Herren am Donnerstag im Hause seien. Danach gab ich auf dem Postamt 5 die Pakete nach Eystrup und Verden auf, stieg anschließend in den nächsten Zug nach Verden und gab dort das für Dr. Fuchs in Bremen bestimmte Paket auf. – Wieder zurück in Nienburg, gingen Lisa und ich ins Kino und amüsierten uns köstlich in dem Film ,Venus am Strand'".

„Bitte erklären Sie mir, wie Sie gerade auf die drei Personen gekommen sind, für die Ihre Sprengstoffpakete bestimmt waren", unterbrach Röder die inzwischen sprudelnde, fast schon unbeschwert daher kommende Schilderung des Tathergangs.

„Die drei Empfänger habe ich fast willkürlich ausgewählt. Ich wollte Menschen treffen, die auf der

Sonnenseite des Lebens stehen. Im Falle der „Bremer Nachrichten" habe ich mich allerdings geirrt. Das Paket sollte nicht der Chefredakteur, sondern der Inhaber des Verlages und Herausgeber der Zeitung bekommen. Ihn wollte ich treffen. Dass mir dabei ein Versehen unterlaufen ist, tut mir leid. Ebenso der Tod des unschuldigen jungen Mädchens in Eystrup, die für ihren Chef sterben musste. Ich gestehe, dass ich die Taten allein und ohne Mitwirkung anderer durchgeführt habe. Es gab für mich keinerlei politische Motive, die drei ausgewählten Personen zu töten. Persönlich habe ich sie nicht einmal gekannt. Auch Hintermänner und Auftraggeber für meine Taten hat es nicht gegeben."

„Herr von Andracz, Sie haben hiermit ein umfassendes Geständnis abgelegt. Damit haben Sie sich und uns einen guten Dienst erwiesen. In den nächsten Tagen wird nunmehr die richterliche Voruntersuchung gegen Sie beginnen. Bis auf weiteres verbleiben Sie in Haft in Verden, wohin Sie unsere Fahrbereitschaft anschließend zurückbringen wird."

Eine knappe Stunde später kehrte von Andracz in die Zelle zurück, aus der man ihn vor mehr als 12 Stunden abgeholt hatte. Erschöpft warf er sich auf seine Pritsche. Das Licht an der Decke erlosch, er hörte, wie die Tür hinter ihm ins Schloss fiel.

Februar 1952

Gut zwei Monate waren seit seinem Geständnis vergangen, und nun wartete er auf den Prozess vor dem Landgericht Verden. Am Anfang war es ihm schwergefallen, sich an die Bedingungen der Untersuchungshaft zu gewöhnen, aber allmählich begann er sich mit dem Gedanken anzufreunden, es hier noch eine ganze Weile auszuhalten. Und wären da nicht die vergitterten Fenster und Türen, so ginge es ihm in seiner komfortabel eingerichteten Zelle sogar richtig gut. Das Gefängnisessen war passabel, und gegen Bezahlung konnte er sich dabei auch das eine oder andere Extra leisten. An Unterhaltung mangelte es ihm nicht: Dank des kleinen Radios, das man ihm in die Zelle gestellt hatte, konnte er Musik hören und sich über das aktuelle Geschehen informieren. Vieles, was sich da auf der politischen Bühne abspielte, national wie international, berührte ihn nicht. Anders dagegen das Schicksal der Menschen im gespaltenen Korea. Auch wenn der Krieg seiner Meinung nach unvermeidbar war, nahm er Anteil am Leiden und Sterben der Zivilbevölkerung. Nur schwer konnte er sich an den Gedanken gewöhnen, dass es gerade die von ihm so hoch geschätzten Vereinigten Staaten von Amerika waren, die in diesem Krieg eine so unrühmliche Rolle spielten.

Fernab von weltweiten Katastrophen und Kriegen hatte er persönlich im Augenblick nichts auszustehen. Es musste ihm nur gelingen, seine endgültige Verurteilung so lange wie möglich hinauszögern. Danach nämlich würde er unvermeidbar die weitaus härteren Bedingungen des Zuchthauses zu spüren bekommen. Sicher konnte ihm sein Verteidiger noch einige gute Tipps in dieser Richtung geben.

Probleme bereitete es ihm, dass der Kontakt zu Lisa inzwischen völlig abgebrochen war. Sie hatte ihn weder im Gefängnis besucht, noch hatte sie auf seinen Brief, den er ihr gleich am nächsten Morgen aus dem Untersuchungsgefängnis geschrieben hatte, auch nur mit einem einzigen Wort geantwortet. Längst wollte er mit ihr um diese Zeit verlobt sein. War es da denkbar, dass sie ihn wegen einer Sache, die erst noch vor Gericht bewiesen werden musste, inzwischen fallen gelassen hatte?

Und was wäre, wenn er am Ende doch frei kommen würde? Die Aussichten dafür standen seiner Meinung nach gar nicht so schlecht. Offensichtlich war sich der Richter, der den Prozess gegen ihn zu führen hatte, gar nicht so sicher, ob er als Angeklagter voll zurechnungsfähig sei und für seine Taten strafrechtlich verantwortlich gemacht werden könne. Jedenfalls hatte der Direktor des Landgerichts den Leiter der Universitäts-Nervenklinik Göttingen angewiesen, diese Frage fachmedizinisch zu klären und hierüber ein qualifiziertes Gutachten zu erstellen. Zu diesem Zweck würde er in der nächsten Woche zur Untersuchung und Begutachtung in die Göttinger Psychiatrie verlegt. Die Zeit bis dahin wollte er nutzen, um herauszubekommen, wie sich jemand gebe und verhalte, der als vermindert schuldfähig anzusehen sei. Ob es ihm gelingen würde, diese Rolle glaubhaft zu spielen? Auf keinen Fall, so war er der Meinung, könne es schaden, sich bei den Kontakten mit dem Anstaltspersonal in zunehmender Weise verwirrt und desorientiert zu zeigen: zum Beispiel die Wochentage und die Tageszeiten zu verwechseln, die Personen mit falschen Namen anzureden. – Er kam zu dem Ergebnis, seinen Verteidiger zu bitten, ihm Literatur über Persönlichkeitsstörungen zu beschaffen.

Überhaupt würde es ihm helfen, sich hin und wieder mit dem, was ihm durch den Kopf ging, an einen verständnisvollen Berater wenden zu können. Gab es denn niemanden im Gefängnis, mit dem er über das Geschehene vertrauensvoll sprechen konnte? War er wirklich für alles, was ihm jetzt zur Last gelegt wurde, allein verantwortlich? Oder waren es nicht doch die Umstände, die in der Folge des Krieges durcheinandergeratene Werteordnung, die ihn auf diese Fährte geführt hatten? Gern hätte er dazu die Meinung eines anderen, vielleicht eines Psychologen oder Theologen gehört. Auch mit den aufkeimenden Schuldgefühlen gegenüber seinen Opfern fühlte er sich allein gelassen. Es beschäftigte ihn, dass in seine Attentate so viele unschuldige Menschen hineingezogen worden waren. Im Grunde hatte keine der Briefbomben denjenigen erreicht, für den sie bestimmt war. Am stärksten belastete ihn, dass dabei ein unschuldiges junges Mädchen sein Leben verlor. Wie hatte das nur passieren können? Und auch den Chefredakteur der „Bremer Nachrichten" hatte er nicht persönlich treffen wollen. Es war die Familie des Zeitungsverlegers, die er als vermögend genug ansah, um auf seine

Geldforderungen einzugehen. Die Verwechselung des Chefredakteurs der Zeitung mit dem wohlhabenden Eigentümer des Blattes war eine unverzeihbare Dummheit.

Der Versuch, über seine Situation mit einem Geistlichen zu sprechen, war für ihn ergebnislos verlaufen. Zwar war die Gefängnisleitung seiner Bitte um Gewährung geistlichen Beistands nachgekommen und hatte, wie er es wünschte, Kontakt zur katholischen St. Josef-Gemeinde aufgenommen. Der bald darauf stattfindende Besuch des Priesters in seiner Gefängniszelle bescherte ihm jedoch eine herbe Enttäuschung. Ohne auch nur nach dem Grund für den erbetenen Besuch zu fragen, hatte der Geistliche von ihm wissen wollen, ob er katholisch oder evangelisch sei. Auf die Antwort, er sei evangelisch getauft und konfirmiert, hatte der Priester einen kurzen Augenblick geschwiegen, um ihm dann zu eröffnen, dass er ihm keinen geistlichen Beistand gewähren könne und er sich stattdessen an einen evangelischen Pfarrer wenden solle. Kollegiale Rücksichtnahme und gutes nachbarschaftliches Einvernehmen mit den Amtsbrüdern der anderen Konfession verlangten von ihm gerade in einem solchen Fall persönliche Zurückhaltung. Mit einem leisen, kaum vernehmbaren Gruß, in dem ein Ausdruck des Bedauerns mitschwang, wandte er sich ab und verließ die Zelle.

Wie mochte es in diesen Tagen seinen Eltern gehen? Seit seiner Verhaftung hatte er nichts mehr von ihnen gehört. Ob sie inzwischen in die ganze Geschichte, auch in seine alleinige Verstrickung in die Mordanschläge eingeweiht waren?

Auch wenn er zu beiden kein besonders inniges Verhältnis hatte, dass sie sich seinetwegen nun den Vorwürfen und Anfeindungen ihrer Mitmenschen ausgesetzt sahen, tat ihm Leid. Besonders sein Vater war über lange Zeit ein Vorbild für ihn gewesen. Er hatte seine Selbstständigkeit gefördert, auch indem er ihn in Entscheidungen einbezog oder ihm Einblicke gewährte in Zusammenhänge, die er als Kind noch nicht voll durchschauen konnte. Natürlich hatte es ihn fasziniert, als ihm anschaulich die Wirkung von Sprengstoff erklärt wurde, den der Vater aus seiner Firma mitbrachte. Oder als er später seinen Vater bei Waldeinsätzen begleitete und ihm als Jugendlicher beim Sprengen von Stubben zur Brennholzgewinnung assistieren durfte. Ein unvergessliches Erlebnis war für ihn auch das Silvesterfeuerwerk in Nienburgs Innenstadt, bei dem er mehrere selbst hergestellte Sprengkörper zur Detonation brachte, was ihm zwar die Bewunderung etlicher Altersgenossen eintrug, aber gleichzeitig auch Bekanntschaft mit der Polizei machen ließ.

In der Rückschau auf seine Kindheit und Jugendjahre hatte er sich oft die Frage gestellt, wie sie wohl verlaufen wären, wenn seine Mutter ihn nicht als Kleinkind in die Obhut einer fremden Familie gegeben hätte. Welchen Weg hätte er genommen, wenn er in dem vornehmen, privilegierten Umfeld aufgewachsen wäre, aus dem seine leibliche Mutter stammte, einem alten ungarischen Adelsgeschlecht?

Im Alter von 15 Wochen hatte sie ihn bei seinen Pflegeeltern abgegeben, wo zuvor bereits seine ältere Schwester untergekommen war, und sich danach um beide Kinder nicht mehr gekümmert. Über viele Jahre hin hatte er versucht, Kontakt zu ihr aufzunehmen. Immer ohne Erfolg. Nie hatte er eine Antwort auf einen seiner Briefe bekommen.

Ja, er war im wahrsten Sinne des Wortes ein Stiefkind des Lebens.

22. – 25. April 1952

Unter hohen Sicherheitsvorkehrungen und von einem großen Medienaufgebot begleitet, wurde vor dem Schwurgericht Verden der Prozess gegen den Attentäter eröffnet. Annähernd fünf Monate hatten Staatsanwaltschaft, Gericht und Polizei benötigt, um sich ein differenziertes Bild von der Persönlichkeit des Täters, seinem Vorleben sowie der Planung und Durchführung der Attentate zu machen. Jetzt hatte ein neunköpfiges Gremium – drei Berufsrichter und sechs Geschworene – über die strafrechtlichen Konsequenzen aus den Verfehlungen des Angeklagten zu entscheiden.

Bereits Stunden vor Prozessbeginn hatten sich Hunderte von Interessierten vor dem Gerichtsgebäude eingefunden, um einen der wenigen Zuhörerplätze zu ergattern. Nur dem kleineren Teil konnte Einlass gewährt werden.

Neben Zeitungsredakteuren aus der gesamten Bundesrepublik und dem westeuropäischen Ausland hatten Reporter mehrerer deutscher Rundfunkanstalten sich mit ihren Mikrofonen auf der Pressetribüne eingerichtet, um während der Verhandlungspausen direkt aus dem Gerichtssaal zu berichten. Seit den Nürnberger Prozessen gegen die nationalsozialistischen Kriegsverbrecher nach dem Ende des 2. Weltkrieges war dieses die bei weitem spektakulärste Strafsache, die vor einem Gericht in Deutschland verhandelt wurde. Alle Welt brannte darauf, so schnell wie möglich über Verlauf und Ergebnisse des

Prozesses informiert zu werden. Zeitungsjournalisten wie Rundfunkreporter standen unter einem ungeheuren Erwartungsdruck. Jeder konkurrierte mit jedem um die schnellste Nachricht, um das beste Foto, die aufsehenerregendste Geschichte.

Pünktlich um 9:00 Uhr eröffnete der Direktor des Landgerichts als vorsitzender Richter die Verhandlung.

Ja, er wolle sich äußern, erklärte Eric von Andracz, nachdem der Staatsanwalt die Anklageschrift verlesen und der Vorsitzende ihn darauf hingewiesen hatte, dass er nach der Strafprozessordnung das Recht habe, die Aussage zu verweigern.

„Ich fühle mich der Wahrheit verpflichtet und widerrufe deswegen meine Aussage gegenüber der Polizei", begann der Angeklagte seine Stellungnahme. „Ich habe mich in den Verhören unter Druck gesetzt gefühlt und deswegen am Ende alles zugegeben, nur um diese quälende Prozedur zu beenden. Richtig ist allein, dass ich die drei Pakete bei den Postämtern in Bremen und Verden aufgegeben habe. Aber die Pakete stammten nicht von mir. Ich habe die Anschläge nicht persönlich geplant und die Sprengstoffpakete nicht hergestellt. Woher hätte ich auch das Material dazu bekommen sollen? Woher hätte ich wissen sollen, wie man so etwas macht. Meine Interessen gelten geistigen und kulturellen Dingen, von Chemie und Physik verstehe ich gar nichts."

„Dann werden Sie uns jetzt sicher auch verraten, wie Sie in den Besitz der Pakete gekommen sind", unterbrach ihn der vorsitzende Richter.

„Ja, das hat sich einfach so ergeben. Ich fuhr an diesem Tag mit dem Zug nach Bremen, um dort einzukaufen. Mir gegenüber saßen im Abteil zwei vornehm gekleidete Herren, mit denen ich nach einer Weile ins Gespräch kam. Sie erzählten mir, dass sie auf Geschäftsreise seien und es sehr eilig hätten. Schließlich fragte mich einer der beiden, ob ich ihnen einen Gefallen tun und einige kleinere Pakete für sie bei der Post aufgeben könne. Zwei der Pakete sollten direkt beim Postamt in Bremen, eines beim Postamt in Verden abgegeben werden. Als ich mit meiner Antwort zögerte, zog der andere Herr einen Hundertmarkschein aus seiner Tasche und streckte ihn mir mit den Worten entgegen: ‚Nichts für ungut, kostet Sie ja schließlich Ihre wertvolle Zeit'. Ich nahm die Pakete an mich. Das Geld konnte ich in meiner Situation ja auch wirklich gut gebrauchen."

„Können Sie die beiden Unbekannten näher beschreiben? Woher kamen sie? Wohin fuhren sie? Kamen Sie, so wie Sie die Situation schildern, nicht auf die Idee, hier möglicherweise in unsaubere Geschäfte verwickelt zu werden?", schaltete sich der Staatsanwalt ein.

Von Andracz schwieg einen Augenblick. Sichtlich nervös und ohne deutlich zu machen, wovon er sprach, erklärte er schließlich: Nein, das wisse er nicht, dazu könne er auch nichts sagen.

„Wie erklären Sie sich denn die Auffälligkeiten, die die Experten des kriminaltechnischen Dienstes bei der Analyse der Schriftproben festgestellt haben? Das waren doch Ihre Texte, und das war doch die

Schreibmaschine, auf der Sie diese geschrieben haben."

Von Andracz warf einen Hilfe suchenden Blick zu seinem Verteidiger hinüber. Dieser schien auf ein entsprechendes Zeichen bereits gewartet zu haben. „Herr Vorsitzender, mein Mandant möchte keine weiteren Aussagen in der Angelegenheit machen."

Der Vorsitzende unterbrach die Sitzung, und das Gericht zog sich zu einer kurzen Beratung zurück.

„Tatverdächtiger widerruft sein Geständnis zu den Sprengstoffattentaten von Bremen und Eystrup!", kabelten die Rundfunk- und Pressevertreter an ihre Zentralen.

Im dann folgenden Teil der Hauptverhandlung ging es darum, das Persönlichkeitsprofil des Angeklagten vor den Geschworenen und der Anklagevertretung deutlich zu machen. Stationen und Situationen seines bisherigen Lebens wurden beleuchtet: Ausbildung, berufliche Tätigkeit, familiäre Verhältnisse, Vorstrafen.

„Warum gaben Sie sich gegenüber deutschen Behörden als Ausländer, als ‚displaced person', aus? Was veranlasste Sie, sich von Deutschland aus in die Schweiz abzusetzen? Welches war der Grund für Ihren späteren Aufenthalt in Frankfurt? Wie kam es zu Ihrer anschließenden Übersiedlung in die sowjetische Besatzungszone? Woher nahmen Sie das Geld für Ihre Reiseabenteuer? Waren Ihre Eltern über Ihre Odyssee informiert? An welchen Orten wurden Sie straffällig und wie oft wurden Sie rechtskräftig verurteilt?" Mit diesen und ähnlichen Fragen versuchte der Vorsitzende Licht in das Dunkel der Vergangenheit des jungen Mannes zu bringen. Dessen Bereitschaft, hieran mitzuwirken, hielt sich jedoch sehr in Grenzen. Er antwortete betont unhöflich und oft nur im Telegrammstil. Immer wieder ließ er sich gegenüber dem Vorsitzenden zu provozierenden Bemerkungen hinreißen wie dieser: „Herr Richter, können Sie das vielleicht etwas spezifizierter ausdrücken?"

Etwas auskunftsfreudiger zeigte sich von Andracz, als es um seine Lesegewohnheiten ging. Ja, er habe den amerikanischen Gangsterkönig Costello als Idol verehrt und alles über ihn gelesen, was er beschaffen konnte. Sein wirkliches Vorbild aber sei Billy Jenkins, der Titelheld unzähliger Abenteuerromane, der stets durch tollkühne Aktionen, wenn nötig auch mit Waffengewalt, für Ordnung und Gerechtigkeit im Lande sorge.

In der sich über Stunden hinziehenden Befragung entstand das facettenreiche Bild einer geltungssüchtigen, zwiespältigen Persönlichkeit mit starken kriminellen Neigungen.

Um 21:00 Uhr beendete der Vorsitzende des Schwurgerichts die Sitzung des ersten Prozesstages, nicht ohne den eindringlichen Appell an den Angeklagten zu richten, dem Gericht künftig in angemessener, disziplinierter Form und mit mehr Respekt zu begegnen. – Die Fortsetzung mit Beweisaufnahme und Anhörung der Experten wurde für den folgenden Tag um 9:00 Uhr anberaumt.

29 Zeugen, 8 Sachverständige, darunter 4 Ärzte, waren für den zweiten Prozesstag geladen. Mit Spannung erwarteten die Richter und Geschworenen das Auftreten des Angeklagten. Mit welchen spontanen Einfällen und Geschichten würde er sie heute überraschen? Man kannte inzwischen seine ablehnende, negative Einstellung allen staatlichen Autoritäten gegenüber. „Der Prozess ist doch nur eine Zeremonie, die man über sich ergehen lassen muss. Ich werde alles Erdenkliche tun, um die Verhandlung in die Länge zu ziehen", hatte er am Vortage gegenüber dem Gerichtspersonal verlauten lassen.

Im Gerichtssaal herrschte die gleiche Enge wie am ersten Prozesstag, als der Angeklagte, in Handschellen gefesselt, hereingeführt wurde. Mit gesenktem Haupt, um den Blickkontakt mit den erschienenen Zeugen zu vermeiden, nahm er seinen Platz auf der Anklagebank ein. Zur Überraschung aller ließ er unmittelbar nach Sitzungseröffnung durch seinen Anwalt erklären: „Ich halte mein Geständnis, dass ich vor Monaten gegenüber der Sonderkommission in Bremen abgelegt habe, in allen Punkten aufrecht". Auf die Frage des Vorsitzenden, ob er dem Gericht sein widersprüchliches Verhalten erklären könne, antwortete er ausweichend: „Ich möchte nur meine damalige Aussage bestätigen, verweigere dazu aber jede weitere Aussage."

Auch in der heutigen Anhörung ging es noch einmal darum, das soziale Umfeld und die Lebensumstände genauer zu durchleuchten, unter denen der Plan zu den entsetzlichen Mordanschlägen hatte reifen können. Als einer der ersten wurde der Pflegevater des Angeklagten in den Zeugenstand gerufen. Er berichtete über eine weitgehend unauffällige Kindheit und Schulzeit seines Ziehsohnes, der bereits im Alter von nur wenigen Monaten als Pflegekind in seine Familie gekommen sei.

„Meine Frau und ich waren anfangs mit der Situation völlig überfordert. Es fehlte das Geld für das Nötigste, und wir hatten zwei Jahre zuvor ja auch Erics ältere Schwester in unsere Familie aufgenommen. Meine Frau, die aus gesundheitlichen Gründen hier leider nicht persönlich erscheinen kann, versuchte, beiden Kindern eine gute Mutter zu sein. Bedauerlicherweise hat sich die leibliche Mutter von diesem Zeitpunkt an nicht ein einziges Mal mehr um ihre Kinder gekümmert." – Er habe bemerkt, dass Eric darunter gelitten habe.

Nach der Schulzeit und als Halbwüchsiger hätten „Räuberpistolen" eine immer wichtiger werdende Rolle in Erics Leben gespielt. Kistenweise, so berichtete der Vater, habe seine Frau diese Hefte, in denen es um Mord und Totschlag ging, verbrannt.

Eines Tages sei Erik mit 500 DM verschwunden, die er aus der Geldkassette der Familie entwendet hatte. „Als er nach zwei Jahren wieder vor unserer Tür stand, wussten wir, dass wir einen anderen Jungen wiederbekommen hatten", fügte der Vater, sichtlich ergriffen und mit Tränen in den Augen, hinzu. Auf die Frage des Vorsitzenden an den Pflegevater, ob sein Sohn irgendwelche politischen Ambitionen gehabt habe, antwortete dieser: „Das kann ich nicht sagen.

144

Jedenfalls habe ich nicht feststellen können, dass er einseitig politisch orientiert ist."

Als nächstes kam die von Andracz geplante Autofalle zur Sprache. Als Zeuge war ein gleichaltriger Mechaniker aus Nienburg geladen, mit dem der Angeklagte einige Monate zuvor ein Drahtseil über eine Hauptverkehrsstraße hatte spannen wollen.

„Von wem stammte die Idee zu dieser abwegigen Tat, und welcher Zweck sollte damit verfolgt werden?", fragte der Richter den extrem nervös wirkenden Zeugen.

Er sei an der Planung nicht beteiligt gewesen, beteuerte dieser. „Das Ganze war von A bis Z Erics Idee. Ich sollte lediglich die zum Anhalten und Aussteigen gezwungenen Autofahrer in ihrer misslichen Situation, in der sie zusätzlich mit einer Pistolenattrappe bedroht werden sollten, fotografieren." Durch den anschließenden Verkauf der Fotos an die Presse habe sich Eric große finanzielle Erfolge versprochen. – Der Zeuge beteuerte, dass die ganze Sache nur daran scheiterte, dass er als Mittäter abgesprungen sei.

Es wurden weitere Zeugen verhört, die dem Angeklagten in irgendeiner Weise nahe standen. Ein im gleichen Ort wohnender kaufmännischer Angestellter kam auf die von Andracz bevorzugte Literatur zu sprechen. In jüngster Zeit habe er ihm die Bücher „Die Unterwelt von New York" sowie „Der Agent des Präsidenten" geliehen.

Im weiteren Verlauf kamen Zeugen zu Wort, die sich als Postkunden oder als Zeitungsmitarbeiter im Augenblick der Explosion an den Tatorten aufgehalten hatten. Sie hatten schwere Verletzungen davon getragen, wie Knochenbrüche, Gehirnerschütterungen, Trommelfellrisse und Schnittwunden.

Betroffenes Schweigen herrschte im Gerichtssaal, als der nahezu erblindete und fast taube Feuilletonchef der „Bremer Nachrichten", Dr. Berner, in den Zeugenstand trat. Er berichtete, dass er durch den Druck der Explosion, auf seinem Stuhl sitzend, an die Wand geschleudert wurde, nichts mehr sah und nur noch ein lautes Pfeifen hörte. Er sei vor Entsetzen so gelähmt gewesen, dass seine Arme waagerecht wegstanden und seine Beine völlig taub waren. Sein Gesicht sei voller Löcher gewesen, Stirn und Nasenbein waren bis auf die Knochen aufgeplatzt.

Teilnahmslos und als habe die ganze Sache nichts mit ihm zu tun, blickte von Andracz im Raum umher. Als er schließlich begann, über seine vor ihm liegenden Papiere gebeugt, sich irgendwelche Notizen zu machen, forderte der Vorsitzende ihn auf, das Opfer seiner grausamen Tat wenigstens anzusehen. Zu mehr als einem flüchtigen Heben des Kopfes, und dies noch mit geschlossenen Augen, war er jedoch nicht zu bewegen. Am Ende der Zeugenvernehmung fragte ihn der Richter: „Haben Sie gesehen, welche Folgen Ihre abscheuliche Tat für diesen bedauernswerten Menschen gehabt hat?" – Scheinbar ungerührt und mit trotzigem Unterton antwortete von Andracz: „Nein!" – Kein Anzeichen von Mitleid und Reue!

Ein heftiges Raunen, in dem sich die angestaute Wut und Verachtung entluden, ging durch die Reihen der Zuhörer.

Mit Spannung wurde am dritten Verhandlungstag das Ergebnis der psychiatrischen Untersuchung erwartet, mit der der Leiter der Göttinger Nervenklinik beauftragt worden war. Mithilfe von Gesprächen und Tests sollte geklärt werden, ob dem Täter eine verminderte Schuldfähigkeit, wie sie im § 51.2 des Strafgesetzbuches beschrieben ist, zuzubilligen sei. In diesem Falle wäre eine Milderung der Strafe in Betracht gekommen.

Der Leiter der psychiatrischen Klinik stellte das Gutachten vor und erläuterte die entscheidenden Passagen. Er zeichnete das Bild einer krankhaften, abnormen Täterpersönlichkeit. Von Andracz sei eine scheinheilige, raffinierte, zur Hochstapelei neigende Person. Die Tat sei auf den mangelnden Kontakt des Angeklagten mit seiner Umwelt, auf seine große Gefühlskälte und eine gewisse Rachsucht gegenüber der Presse, die seine Arbeiten ablehnte, zurückzuführen. Seine Gefühle gegenüber Besitzenden seien einerseits von großer Bewunderung, andererseits von abgrundtiefem Hass geprägt.

Der Angeklagte habe die Grenze vom Abnormen zum Psychopathen überschritten, fasste der Gutachter die Ergebnisse der psychiatrischen Untersuchung zusammen. Er sei gemäß Paragraph 51.2 des Strafgesetzbuches als vermindert schuldfähig anzusehen.

Diese Einschätzung des Gutachters schien der Vorsitzende nicht erwartet zu haben. Er schwieg für einen kurzen Augenblick, konsultierte dann seine beiden Berufskollegen auf der Richterbank und wandte sich anschließend erneut an den Gutachter. „Wie hätte sich der Angeklagte Ihrer Meinung nach verhalten, wenn es noch die Todesstrafe gäbe? Hätte er auch dann die Tat begangen?"

„Nein, das hätte er wohl nicht", erwiderte der Gutachter. Der Angeklagte sei innerlich feige und wäre durch eine harte Strafe vermutlich abgeschreckt worden.

In seinem Plädoyer bezeichnete der Oberstaatsanwalt die Eingeständnisse des Täters als glaubhaft. Alle Nachprüfungen wie auch die Zeugenaussagen hätten die Richtigkeit seiner Angaben bestätigt. Auch das Tatmotiv, die Hinterbliebenen seiner Opfer zu erpressen und sich mit dem Geld eine – wenn auch äußerst fragwürdige – Existenz aufzubauen, sei zweifelsfrei erwiesen. Der begangene Mord an dem Redaktionsleiter Dr. Fuchs, die fahrlässige Tötung der Büroangestellten Gerlinde Kleeberg sowie die anderen schweren Verbrechen könnten nur durch eine lebenslange Zuchthausstrafe gesühnt werden. Auch die bürgerlichen Ehrenrechte habe der Angeklagte auf Lebenszeit verwirkt. – Von einer verminderten Schuldfähigkeit sei nach den Einlassungen des Gutachters nicht auszugehen.

Der sich in seiner Haut sichtlich unwohl fühlende Verteidiger beschränkte sich in seinem Plädoyer darauf, den Schutz des § 51.2 zu fordern. Das Strafmaß selber stelle er, so sein abschließender Gedanke, in das Ermessen des Gerichts.

Der Angeklagte, der den gesamten Schlussteil der Verhandlung wortlos und weitgehend unberührt über sich hatte ergehen lassen, verzichtete auf ein persönliches Schlusswort.

Am darauf folgenden 4. Prozesstag verkündete das Gericht das Urteil. Es folgte in allen Punkten dem Antrag des Oberstaatsanwalts, auch in der strittigen Frage einer möglichen Strafmilderung. Von einer eingeschränkten Schuldfähigkeit des Angeklagten könne nicht ausgegangen werden, da er bei seinen Taten äußerst planvoll, kühl und berechnend vorgegangen sei, was ihn von anderen Kriminellen in keiner Weise unterscheide.

Direkt aus dem Gerichtssaal schickte der Reporter von Radio Bremen seinen Schlusskommentar über den Äther:

„Der Mörder von Bremen und Eystrup ist verurteilt. Keine Veränderung in seinem Gesicht, keine Reaktion ist zu bemerken. Er sitzt da, kalt, klein und unberührt. Eric von Andracz hat ausgespielt."

Montag, 10. April 2006, spätabends

Schweißgebadet lehnte sich Artur Rosenberg in seinem Sessel zurück, nachdem er den Fernseher ausgeschaltet hatte.

Nein, das hatte er nicht verdient.

Das war nicht er. Das hatte nichts mit dem Bild zu tun, das er von sich selbst hatte. Das war ein anderer, fremder Mensch, der von verantwortungslosen Filmemachern als Bestie, als menschliches Monster gezeichnet worden war. Was hatten die auf billige Sensationshascherei, auf Einschaltquote fixierten Fernsehleute nur aus seinem Leben gemacht?

In seiner Erinnerung erschien alles, was der Film in düstersten Farben ausmalte, in einem anderen, milderen Licht.

Wo wollte man überhaupt bei der Suche nach den wirklich Schuldigen beginnen? Waren es nicht in erster Linie und hauptsächlich die Zeitumstände, die Erlebnisse des Krieges und der entbehrungsreichen Zeit danach, die das Gefühl für Richtig und Falsch, für Gut und Böse aus dem Lot gebracht hatten? Mit keinem Wort war in dem Film von den wirklich Schuldigen für Unrecht und Ungleichheit in der Welt die Rede.

Er suchte den Blickkontakt zu seiner Frau, die während des gesamten Filmes geschwiegen hatte und jetzt blass und mit leerem Blick neben ihm saß. Wortlos stand sie auf, verließ den Raum und schloss leise hinter sich die Wohnzimmertür.

150

Zum zeitgeschichtlichen Hintergrund

Die Mordanschläge des 22-jährigen Erich von H. im November 1951 zählten bundesweit zu den spektakulärsten Kriminalfällen der Fünfzigerjahre. War man bei den polizeilichen Ermittlungen zunächst von einem Terrorakt anarchistischer Kreise ausgegangen, so konzentrierte sich die nach gut einer Woche auf die gesamte Bundesrepublik ausgedehnte Großfahndung auf die Ergreifung eines Einzeltäters.

Aufgrund der besonderen Tatumstände und der ergriffenen Maßnahmen zur Tataufklärung erlangte dieser Fall eine zeitgeschichtliche Bedeutung, die ihn aus der Vielzahl von Straftaten und Verbrechen in der Nachkriegszeit heraushebt.

- Zum ersten Mal wurden Menschen durch Sprengkörper getötet und verletzt, die der Täter mit der Post verschickte.
- Zur Verbrechensaufklärung wurde eine länderübergreifende Sonderkommission gebildet – ein ungewöhnlicher Vorgang, nachdem die Hoheit über die Polizei noch wenige Monate zuvor bei den Kommunen und Landkreisen gelegen hatte.
- In die Fahndung nach dem Täter wurden die Nachbarländer der Bundesrepublik, einschließlich der Sowjetischen Besatzungszone („DDR") einbezogen. Auch die westlichen Besatzungsmächte leisteten Hilfestellung.

- Zur Ergreifung des Täters bediente sich die Polizei erstmalig eines Phantombildes, das nach Zeugenaussagen von einem Presse-Illustrator angefertigt worden war.
- Durch Kino-Wochenschauen wurde die Öffentlichkeit informiert und zur Mithilfe bei der Tätersuche aufgerufen.
- Das außergewöhnliche Verbrechen löste eine landesweite Diskussion um die Wiedereinführung der Todesstrafe aus. Etwa drei Viertel der Bevölkerung sprach sich bei einer Umfrage hierfür aus. In der politischen Auseinandersetzung im Bundestag setzten sich schließlich die gemäßigten Kräfte durch.
- Die anfänglichen Schwierigkeiten bei der Tataufklärung verstärkten die in der Vergangenheit wiederholt erhobenen Forderungen nach einer Zentralisierung der Polizei.
- Das Bekanntwerden der Hintergründe der Mordtaten löste heftige Diskussionen über die schädlichen Einflüsse der „Schund- und Schmutzliteratur" auf Kinder und Jugendliche aus.
- Der in der Schlussphase der Ermittlungen als alleiniger Leiter der Sonderkommission eingesetzte Kriminalrat Dr. Zirpins sah sich selbst geraume Zeit später staatsanwaltschaftlichen Ermittlungen ausgesetzt. Als Angehöriger der Politischen Polizei in Berlin hatte er 1933 die höchst umstrittenen Ermittlungen gegen den vermeintlichen Brandstifter des Reichstages geleitet.

Danksagung

Mein besonderer Dank gilt Tobias Deterding, Historiker und Museumswissenschaftler, dem ich die Anregung zu diesem Roman verdanke. Er hat den zugrunde liegenden historischen Kriminalfall anhand von Originalunterlagen wie Akten, Fotomaterial und Zeitungsberichten mit beeindruckender Sorgfalt recherchiert und für die Präsentation im Polizei-Museum Niedersachsen in Nienburg aufbereitet.

Das durch zahlreiche Dokumente belegte Geschehen aus der Mitte des vorigen Jahrhunderts bildet den Handlungsrahmen für diesen Text. Es wurde in der hier vorliegenden Fassung vom Autor in Romanform nachgezeichnet und gattungstypisch weiter ausgestaltet.